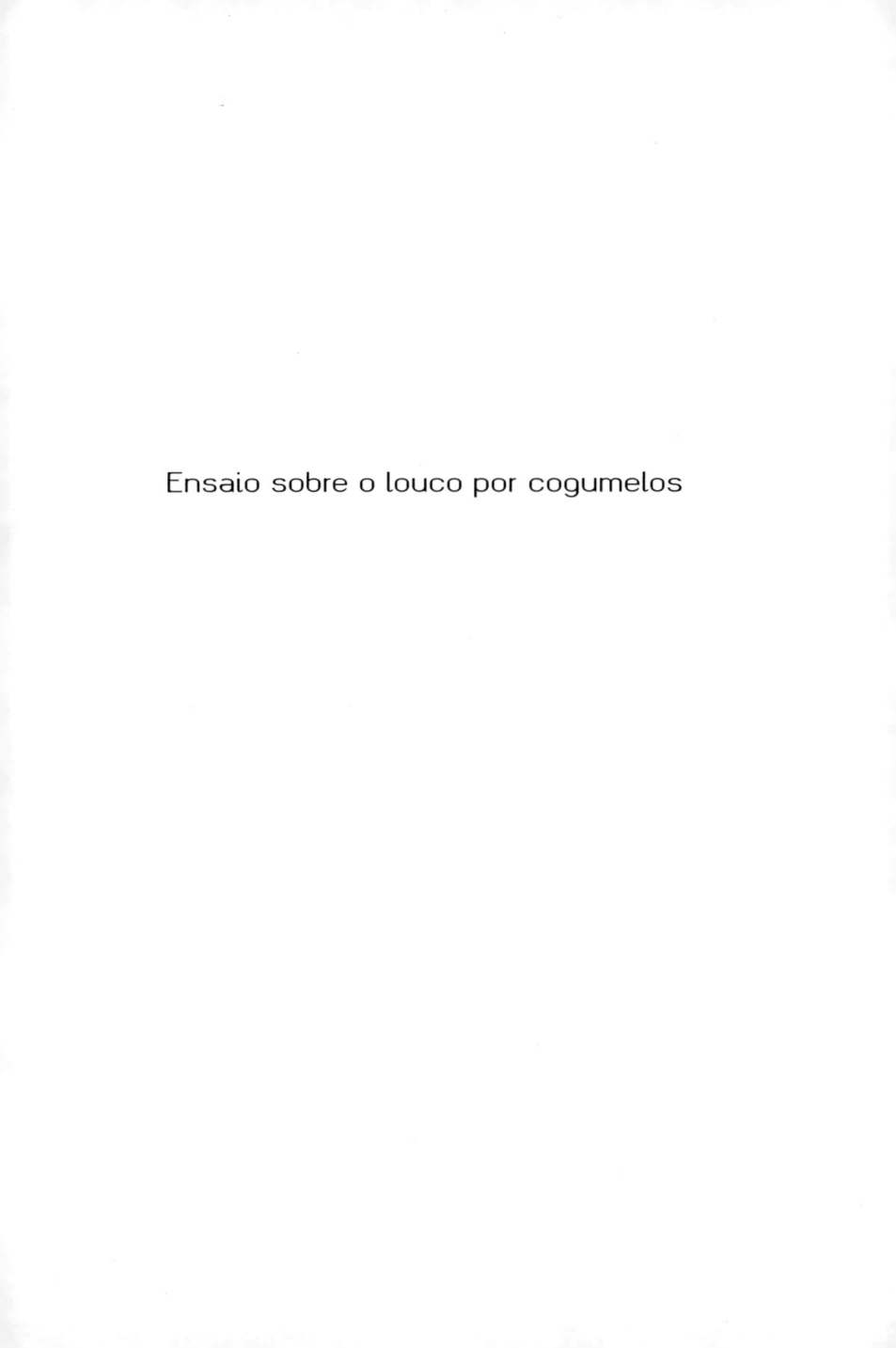

Ensaio sobre o louco por cogumelos

PETER HANDKE

Ensaio sobre o louco por cogumelos
Uma história em si

TRADUÇÃO DO ALEMÃO
AUGUSTO RODRIGUES

Estação Liberdade

Título original: *Versuch über den Pilznarren*
© Suhrkamp Verlag, Berlim, 2013
© Editora Estação Liberdade, 2019, para esta tradução

REVISÃO DE TRADUÇÃO Daniel Bonomo
PREPARAÇÃO Edgard Murano
REVISÃO Huendel Viana
SUPERVISÃO EDITORIAL Letícia Howes
EDIÇÃO DE ARTE Miguel Simon
ILUSTRAÇÃO DE CAPA Amina Handke
EDITOR RESPONSÁVEL Angel Bojadsen

CIP-BRASIL. CATALOGAÇÃO NA PUBLICAÇÃO
SINDICATO NACIONAL DOS EDITORES DE LIVROS, RJ

H211e

Handke, Peter, 1942-
 Ensaio sobre o louco por cogumelos : uma história em si / Peter Handke ; tradução Augusto Rodrigues. - 1. ed. - São Paulo : Estação Liberdade, 2019.
 160 p. ; 19 cm.

 Tradução de: Versuch über den pilznarren
 ISBN 978-85-7448-278-1

 1. Ficção alemã. I. Rodrigues, Augusto. II. Título.

19-61669   CDD: 833
            CDU: 82-3(430)

Vanessa Mafra Xavier Salgado - Bibliotecária - CRB-7/6644
22/11/2019   26/11/2019

Todos os direitos reservados à Editora Estação Liberdade. Nenhuma parte da obra pode ser reproduzida, adaptada, multiplicada ou divulgada de nenhuma forma (em particular por meios de reprografia ou processos digitais) sem autorização expressa da editora, e em virtude da legislação em vigor.

Esta publicação segue as normas do Acordo Ortográfico da Língua Portuguesa, Decreto nº 6.583, de 29 de setembro de 2008.

EDITORA ESTAÇÃO LIBERDADE LTDA.
Rua Dona Elisa, 116 | Barra Funda
01155-030 São Paulo – SP | Tel.: (11) 3660 3180
www.estacaoliberdade.com.br

"Está ficando sério de novo!", disse a mim mesmo, sem querer, há pouco, antes de me encaminhar aqui para a escrivaninha onde agora me sento com a intenção de obter uma certa — ou, mais ainda, uma incerta — clareza sobre a história de meu amigo desaparecido, o louco por cogumelos. E também sem querer disse a mim mesmo: "Não pode ser! Que importância haveria em começar e deitar por escrito uma coisa que, por si e em si, pouco ou nada encerra de relevante para o mundo; uma história para a qual, durante a preparação deste ensaio, me ocorreu o título de um filme italiano de mais de uma década, protagonizado por Ugo Tognazzi: *A tragédia de um homem ridículo* — não o filme ele próprio, mas apenas o título."

Além disso a história de meu velho amigo nem mesmo é uma tragédia, e se ele foi ou é ridículo também não está muito claro e fica cada vez menos; e, mais uma vez sem querer, digo e escrevo agora: "Que continue assim!"

Antes de chegar aqui à escrivaninha, me ocorreu mais um filme. Nesse caso não foi, contudo, o título, mas uma das cenas iniciais, se não a própria cena do início. Tratava-se mais uma vez de um faroeste, de — adivinhem! — John Ford, em que James Stewart aparece no início da história como o famoso xerife Wyatt Earp, ao que tudo indica muito, muito tempo depois de suas já lendárias aventuras de Tombstone, sentado de maneira preguiçosa e sonhadora, como só James Stewart sabe fazer, na varanda de sua delegacia banhada em sol, texano?, apenas deixando o tempo passar, ao que parece tão tranquila quanto decididamente, com a aba do chapéu cobrindo parte dos olhos, de maneira tanto invejável quanto contagiante. Então — ou não seria uma história do Velho Oeste — a partida para a nova aventura, no início contra a vontade do personagem, se me lembro bem, atraído apenas pelo dinheiro, rumo ao norte, não ao oeste. Na sequência, no entanto, e sobretudo no fim da história, o que aparece é a intervenção óbvia, a atenção suave, a prestativa e silenciosa presença de espírito, que novamente só James Stewart soube irradiar e continua irradiando. Não apenas *Two Rode Together*, conforme o título do filme, sendo Richard Widmark o segundo cavaleiro, senão mais pessoas cavalgavam juntas ao fim, muitas, se não (quase) todas. Por que razão, antes da partida para a escrivaninha, fui me lembrar justamente do início desse filme, do assim chamado guardião da ordem tão contagiantemente preguiçoso, que não levanta um dedo, com as pernas esticadas, as botas calçadas, sim, o xerife que descerra um sorriso libertador?

Eu mesmo estava sentado com as pernas esticadas, botas calçadas. Não era contudo numa varanda, e tampouco no extremo sul, mas no sombrio norte, distante do sol e do Sol, as pernas sobre o peitoril da janela de uma casa com um século de existência, paredes de quase um metro de espessura, do lado de fora da qual se via o nevoeiro da chuva do fim do outono, e um vento frio soprava dos faiais já transparentes do planalto através das fendas da janela, e as botas eram botas de borracha, sem as quais mal se podia andar, especialmente campo ou floresta adentro, e descalcei essas botas quando me pus a caminho da escrivaninha, deixando-as lá fora, à entrada da casa, com uma coisa que já se chamou "saca-botas", no meu caso um troço arcaico de ferro pesado, na forma de um enorme caracol, cujo par de antenas de metal me aplainava e alavancava as botas dos calcanhares, e então, com alguns passos e pela próxima porta, me encaminhei para a construção contígua, o pequeno armazém, o "anexo", como o chamo, até chegar aqui à mesa e começar a escrever.

Como isso? Os poucos passos até a escrivaninha um "caminho"? Um "encaminhar-se"? Uma "partida"? Foi o que me pareceram. Foi assim que os vivenciei. Foi assim. E nesse meio-tempo já escurece novembramente lá abaixo na planície que, do pé do planalto, em cujo íngreme canto me encontro, se estende ainda mais ao norte, e a lâmpada da escrivaninha está acesa. "Tem mesmo de ficar sério."

Meu amigo se tornara um louco por cogumelos desde muito cedo, embora num sentido diferente dos tempos futuros ou últimos. Só então, com a idade chegando, surgiu uma história sobre ele como desvairado. As histórias sobre loucos por cogumelos são normalmente, ou mesmo invariavelmente?, escritas pelos próprios loucos, que falam de si como "caçadores" ou, em todo caso, como investigadores, coletores ou naturalistas. Que não haja de modo algum apenas uma bibliografia sobre cogumelos, livros sobre cogumelos, mas sim uma literatura em que um dos cogumelos narra sua própria existência, parece ter sido o caso somente nos últimos tempos, talvez só depois das duas guerras mundiais do século passado. Na literatura mundial do século XIX os cogumelos não aparecem quase em nenhum livro, e se aparecem é pouco, só de passagem, e sem relação com o devido herói, ficam sozinhos, como nos russos, em Dostoiévski, Tchékhov.

Lembro-me de uma única história em que alguém, ainda que só por um episódio, é envolvido no mundo dos cogumelos, sem que tenha cooperado para tanto, contra sua vontade, e isso acontece no romance *Far from the Madding Crowd*, de Thomas Hardy — Inglaterra, fim do século XIX —, com a bela e jovem heroína, que se perde à noite no campo em algum lugar, vai parar numa caverna cheia de cogumelos gigantescos em que, cercada pelas estranhas figuras que crescem e se multiplicam a olhos vistos, fica presa até o amanhecer (conforme a minha vaga lembrança).

E agora, nos tempos totalmente modernos, no, como se diz?, "nosso" tempo, empilham-se aparentemente as obras literárias em que os cogumelos cumprem seu papel nas fantasmagorias coletivas ou como ferramentas de homicídio, ou como meio para a, como se diz?, "expansão da consciência".

No *Ensaio sobre o louco por cogumelos* nada será dito sobre nenhum deles, nem sobre o caçador de cogumelos como herói, nem como quem sonha o homicídio perfeito, nem como o precursor de uma autoconsciência outra. Ou apenas em rudimentos, quem sabe? Assim ou assado: uma história como a dele, como a que aconteceu, e como a presenciei por algum tempo bem de perto, não foi jamais escrita de maneira alguma.

Ela começou com o dinheiro, há muito tempo, quando o futuro louco por cogumelos era ainda uma criança, começou com o dinheiro pelo qual o menino ansiava mesmo depois de já ter adormecido, quando, a noite inteira, reluziam as moedas que não existiam, começou com o dinheiro que lhe faltava, fosse de noite ou de dia, e como. O fato de ele, durante o dia, onde quer que andasse ou parasse, manter a cabeça baixa queria dizer tão somente: ele olhava na direção dos pés à procura de alguma coisa de valor, se não à procura de um tesouro perdido. A razão pela qual ele de fato nunca tinha dinheiro, no máximo e às vezes uma ínfima moeda com a qual não podia fazer nada, nada mesmo, e tampouco em casa via sequer um tostão furado, uma nota sequer, não auxilia o caso. Como é que ele poderia ganhar algum dinheiro? Além do mais, não era ambicioso — ambicioso de tê-lo consigo; se o tivesse um dia, pôr-se-ia a caminho imediatamente e o gastaria, sempre soube onde e com quê.

Por acaso, perto da aldeia onde ele cresceu, foi aberto um "posto de coleta de cogumelos". Foi no período após a Segunda Guerra, quando o comércio e os mercados ressuscitaram de uma maneira nova, diferente da do entreguerras, especialmente o comércio e a troca entre as áreas rurais e as grandes cidades, cujos moradores vinham ansiosos para degustar algo nunca degustado (e não meramente importado dos trópicos ou de onde quer que fosse), e muito especialmente o comércio com os cogumelos da floresta, que, ao contrário dos "champignons", não cresciam nem em porões nem em galerias de minas, mas no mato, prontos para serem descobertos, o que podia contribuir para que, ao menos lá longe nas cidades, eles tivessem um gosto de algo raro, uma iguaria.

Aquele posto de coleta de cogumelos, onde os achados de toda a área preponderantemente florestal podiam ser entregues mediante pagamento e de onde eram levados para a cidade num caminhão lotado, tal casa de coleta era a menina dos olhos daquele menino de seu tempo, obcecado por dinheiro. Nada e mais uma vez nada antes atraíra o futuro louco por cogumelos para a natureza. Nada e mais uma vez nada: o que havia lá era normalmente o mero rumorejar, o zunir, o sibilar, ou mesmo apenas o ciciar das árvores, e ele também não adentrava por vontade própria a floresta ou qualquer outro lugar, mas se agachava às margens, agachava-se e agachava-se, e ficava e ficava, dava as costas às árvores, a terra deserta diante de si.

Da orla às profundezas e então ao coração da floresta foi o caminho que ele tomou, de início pelos mencionados motivos pecuniários. A floresta da região da infância era, sobretudo, uma floresta de coníferas, e, além disso, quase exclusivamente, até as mais luminosas ilhas de lariços no alto das montanhas, os abetos, com seu particularmente denso vestido de coníferas, e essas árvores cresciam próximas umas às outras, os galhos entrosados e entrelaçados uns nos outros, e a paisagem tornava-se sombria e cada vez mais sombria durante o mergulho em meio a todo o emaranhado de abetos, de modo que, com o tempo, nem as árvores avulsas nem a floresta como um todo eram mais discerníveis, e o ponto mais sombrio e mais ausente encontrava-se no interior da floresta, que geralmente abraçava a pessoa já ali, ou dali a pouco, a alguns passos de distância da margem. Entre os troncos com os ramos inferiores normalmente mortos não mais era possível avistar a área aberta que ainda cercava ou a luz do dia que ainda iluminava o amplo terreno, restava como luz apenas um imutável e profundo arrebol, que em lugar algum tinha o efeito de luz, "nem mesmo um sopro" em direção às (invisíveis) copas, nada sequer, sem falar no canto dos pássaros a alguns passos.

Em contrapartida, vinha uma espécie de luz daquilo que se encontrava escondido sob o solo da floresta, às vezes parcialmente afundado na lama. Quanto mais o menino adentrava a floresta sombria, mais era acolhido por aquela luz, antes ainda de encontrá-la, sim, muito antes, e várias vezes também depois, quando os locais ricos em achados jamais eram descobertos — a luz na lama fora então uma autêntica visão desvairada.

Que espécie de luz foi aquela? — Um brilho. Sob a mata fechada cinzenta de madeira morta e liquens brilhava uma luz de tesouro. Como isso? As pequenas pilhas de substâncias amareladas, que depois se iluminavam aqui e ali como encarnações, saltavam aos olhos, literalmente cegavam ao primeiro olhar no meio da escuridão, um tesouro?

Um tesouro, algo pelo que você, trocando por dinheiro lá no posto de coleta de cogumelos, mesmo na melhor das sortes de descobridor, na melhor das hipóteses, possivelmente recebe uma ou duas notas pequenas, mas em geral no máximo um punhado de moedas medianamente vistosas? — Sem contar que o menino encontrara sua alegria e sua utilidade então na troca por um mero tilintar de moedas e estava orgulhoso, e como!, de tê-las adquirido sozinho, seu "próprio dinheiro": em tal descoberta, afastado dos outros, da *madding crowd*, no coração da floresta, caso os achados se amontoassem, mesmo que com limites, tratava-se ali de tesouros, claro — claro como o sol!

Aliás me ocorre neste momento da história do meu louco por cogumelos que meu amigo desaparecido se via desde pequeno destinado, ou, em suas próprias palavras, predestinado à caça de tesouros. Logo, a seus olhos o menino já era algo como um eleito, embora não se designasse assim. Mas do que então? De alguém "não totalmente normal". Fosse como fosse: assim que saía de casa, da casa dos pais, da aldeia da infância em direção aos prados, salgueiros e campos, e subia através dos últimos pomares à orla da floresta, a fim de "se ouvir" nas folhagens de tons tão variados — a orla da floresta era formada principalmente pelas árvores de folhas caducas —, ele o fazia e o empreendia na consciência ou, cá por mim, na imaginação de uma tarefa mais elevada.

O movimento das copas das árvores ao vento, em si desprovido de qualquer som, misturado esfericamente, era vivenciado pelo menino como uma prescrição, ou como a outra lei; aquele movimento levava ao céu, aos céus. E, ao mesmo tempo, aquilo era uma história em si, uma história de copas arfantes e nada mais, uma história sobre nada e tudo. A partir da contemplação e da audição ele chegou à consciência de si, sentindo-se mais em casa do que com qualquer outro pensamento. Ah, como o sibilar e o zunir ficavam então vozeados e se transformavam em voz! E como a voz então o entusiasmava! Por quê? Por nada e nada mais. Ele entrava no movimento das copas ou se incorporava a ele? A coisa funcionou como um cálculo que, após vários erros de conta, finalmente bate. Nem a mais violenta rebentação marítima pôde, mais tarde, substituir para ele o murmurar das bétulas, o rumorejar das faias, o sibilar dos freixos, o farfalhar dos carvalhos às orlas da floresta. Havia o tesouro, aquele já destinado a ele desde a infância. Não eram as latas e os maços de cigarro amassados nas veredas. Seriam as esferas das copas das árvores?

Não inteiramente. O que ele esperava do rumorejar e do farfalhar das árvores não era nada suficiente em si mesmo, nenhuma ânsia por um arrebatamento ou um não-tornar-se-nem-nada-nem-ninguém como realização. Ouvir-se a si mesmo não significava tornar-se uno. Estava ligado a um apelo, um estímulo à ação. Mas qual? De que tipo? Envolto pelo rumorejar? Não inteiramente, não como um todo, nenhuma vez.

Seja como for ele partiu em direção à orla da floresta como um caçador de tesouros, alguém singular, mesmo que lá permanecesse meramente sentado — assim o vejo agora aqui, diante de mim na escrivaninha — com seu crânio inchado, que só faz inchar-se cada vez mais, por tardes inteiras e com um olhar ausente, coçando às vezes a risca do cabelo, soprando rapidamente um dente-de--leão, o que não resulta em rumor, mas numa dissonância que de maneira nenhuma combina com o rumorejar da folhagem, como o peido de uma vaca, e por fim estremecendo repetidas vezes, não por motivo de alguma comoção ou mesmo de algum abalo, mas visivelmente porque, com o tempo, agora antes do primeiro crepúsculo, ele começa a ter frio e calafrios, quando por fim vagueia com seu tesouro invisível de volta para casa, onde interrompe bruscamente a mãe, que já naquela época sempre temia o desaparecimento do filho e arrisca agora uma leve reprimenda, enquanto ele — os pais deviam ter pressentido, sem que ele tivesse de explicar expressamente — tinha de estar sempre às voltas com seu ofício especial de caçador de tesouros.

E também me ocorre que meu maluco, na infância, embora apenas por alguns instantes, ou por um único, imaginava possuir em si o poder de enfeitiçar. Ele acreditava perceber em si um poder mágico, em seus músculos, entre os quais um deles, o músculo mágico, se retesava nesse instante. — E como ou o que ele queria enfeitiçar ou encantar? — Ele mesmo. — Mas como? E do quê? O que ele queria era enfeitiçar-se para longe dali, enfeitiçar-se, com uma força muscular retesada, para longe dos olhos de todos. Para longe dos olhos de todos, ao mesmo tempo permanecendo ali. Não, não ali, não naquele exato local, mas permanecendo presente, ainda mais presente, para o pasmo de todos. — E como vejo o menino agora, após o instante do ter-estado-retesado? — Com um crânio mais inchado do que nunca. Avolumado como um todo. E ouço: ele pigarreia. Ele tossica. Ele se ri, consigo mesmo, envergonhado, mas não vencido. E eu o cheiro, o farejo diretamente: meu amigo, o menino vizinho, não há de desistir. Ele está certo de que, na próxima vez, e se não nesta certamente em alguma outra, ele há de conseguir enfeitiçar-se para longe de todos nós.

O posto de coleta de cogumelos, onde ele, ao longo de dois ou três verões, trocava seus tesouros por dinheiro vivo, encontrava-se numa casa afastada e isolada, fora dos limites da aldeia. Essa casa era mais alta e mais ampla do que as outras moradias da região e se distinguia delas também no modo de construção e na forma, maciça, esquisita, nem casa camponesa nem burguesa, antes no tipo das "casas de pobres" da época, onde, atrás das janelas empoeiradas e em parte substituídas por pedaços de papelão, mais no pressentimento do que no presente, um boneco humano imóvel arregalara os olhos sem dizer palavra — nada mais no olhar ou no ouvido, e nenhum ou nenhuma no quarto ao lado. E a casa servia, de fato, como uma espécie de hospedagem de emergência ou abrigo para uma única família, que, após a guerra, fugiu de um país eslavo próximo ou simplesmente o deixou, e tinha aqui seu asilo provisório. Morava-se, fosse como fosse, somente no andar térreo, em cavernas escuras e sem portas, os dois andares de cima permaneciam vazios, também não deviam ser habitáveis, tinham já do lado de fora a aparência — não de ruínas de guerra, mas de um pré-guerra, assim como a casa toda, de cima a baixo, inclusive o andar térreo. Quando alguém se encontrava lá dentro, com a cabeça retraída e se encaminhava não mais do que um passo para além da saída, a casa nada mais tinha de casa, muito menos de uma residencial, mas algo de um bunker decadente: mais um passo e ela haveria de desabar de vez sobre a pessoa.

Lá morava a encurralada família estrangeira no térreo, como se nada fosse. Quase todos os seus membros comportavam-se de maneira imperiosa, mesmo as crianças, mesmo as menores. E isso vinha do negócio ao qual literalmente se atirara o clã logo após fixar residência no estrangeiro. Felizes da vida, eles se curvavam sempre que meu louco, com sua entrega, estacava no umbral não existente da casa, um após o outro a partir de suas cavernas, e um deles, podia também ser uma das crianças, mais jovem do que ele, já punha em funcionamento a balança do pré-guerra, com seus dois pratos, um para o que ele trazia, outro para os pesos.

Era raro ele ser o único fornecedor. Isso ocorreu algumas vezes, e somente no primeiro verão, quando o posto de coleta de cogumelos acabara de ser instituído. Com o fim daquele verão, como nos seguintes, os coletores locais aglomeravam-se toda vez na entrada do vestíbulo da casa arruinada, e a balança avançava, com o tempo, cada vez mais lá de dentro, até chegar por fim ao meio da entrada da caverna, quase como a insígnia do senhorio do negócio. E os outros fornecedores apareciam toda vez com muito mais mercadoria colhida, arrastavam-na em grandes sacolas, cestos e mochilas, as mãos cheias, puxando também carrinhos, enquanto ele meramente oscilava com a sua. Esses homens mais velhos e, sobretudo, mulheres mais velhas sabiam onde ficavam os lugares. Apesar disso, o pouco que ele trazia era recebido pelo senhorio do negócio com a mesma atenção, que permaneceu a mesma do começo ao fim, era pesado com o velho cuidado e trocado pelas poucas moedas de sempre.

Senhorio do negócio, senhores do negócio: de verão a verão essas palavras se adequavam cada vez mais ao clã de imigrantes. As ruínas em que moravam, no entanto, continuavam inalteradas. Mas o único carro de entrega, na verdade um enferrujado trator com um reboque, deu lugar a vários novos em folha e ao cabo de três anos os senhores do negócio eram vistos entrando em carros que nada, absolutamente nada tinham dos carros usados, os veículos habituais dos moradores da aldeia, quando possuíam algum. É evidente que tal riqueza — e era mesmo uma, uma toda especial, porquanto era visível, como nenhuma outra riqueza na região (a única outra era a da nobreza: invisível) — vinha, por fim, mais que do puro e tão exuberante negócio do antigo abrigo de emergência: o clã, com o passar dos anos, e incluindo todos os seus membros, tendo se lançado ele próprio à coleta na floresta do entorno, sabia bem, nesse meio-tempo, onde poderia encontrar algo, melhor do que este ou aquele habitante nascido na aldeia, que talvez tivesse vendido a informação sobre locais ricos em achados por digamos uma pequena pensão ou apólice de seguro de vida.

Até as mais altas florestas montanhosas, até perto da fronteira das árvores, na época, no terceiro verão de sua primeira loucura infantil por cogumelos, ele precisou estar preparado para encontrar, entre os abetos, e então os lariços e pinheiros, um, não, nunca só um, mas vários do clã, que já lhe indicavam a distância com um certo sorriso — e, depois, de perto, com um sorriso robusto — que ele nada mais tinha a caçar naquele lugar, absoluta e definitivamente nada.

Estranho ali também: um membro do clã de coletores e negociantes que, como meu maluco me contou, lhe ficou na memória como alguém único, aquele que, por todos aqueles anos, se mantivera fora da empreitada ou mesmo do círculo. Aliás, esse membro não tinha nenhuma outra função: era, como se dizia naquela época, um abobalhado ou "mentalmente retardado"; uma menina boba e retardada. Quase não se via a menina, ou era cada vez mais escondida pelo clã. Basicamente, ele gravou na memória um único instante com a abobalhada: terminada sua entrega, com o peso das moedas no bolso da calça, num acesso de atrevimento e também de curiosidade, ele foi dar um passeio pelas ruínas isoladas do posto de coleta, e lá atrás, no meio de uma bagunça de estacas, que devia ter sido outrora uma latada — a parreira da casa dos seus pais ainda estava em flor —, deu de cara com a menina, que tinha mais ou menos a mesma idade que ele. Com manchas redondas e vermelhas nas bochechas e olhos salientes, que lhe apareciam na memória igualmente redondos e vermelhos, ela se agachava sobre algo que outrora talvez fosse um banquinho para ordenhar, e sorria ironicamente, não, apenas sorria com os lábios carnudos. Recuou e se fez invisível? Mas ela o parou ali e falou com ele, e de maneira tão natural como se esperasse já por muito tempo alguém, alguém como ele, não, ele próprio, em pessoa. E o que ela dizia parecia em contradição com as bochechas vermelhas e os olhos luminosos, e tampouco retrospectivamente. A luz era forte demais, sua cabeça não suportava mais. Deus queria puni-la com aquilo, mas se ela soubesse ao menos por quê! A luz divina martelava continuamente contra a testa dela, só que o osso daquela testa era espesso demais, Deus não podia rompê-lo, não e não. Como Ele a machucava, que dor ininterrupta, e por quê? E de repente ela ficou de pé, levantou o vestido, ou a bata, e fez suas necessidades diante do menino desconhecido, e ele não olhava para nada além do cano exageradamente alto dos sapatos dela, que devia cobrir aquelas pernas fracas, e também para o cano da meia de lã em um dos sapatos — o pé no outro sapato estava nu? não, a meia afundou nele, até o calcanhar — o que na época se chamava "esfomear" —, a meia "esfomeava" lá embaixo, no fundo do sapato.

Pouco mais tarde, a abobalhada foi transferida para uma casa de tratamento longe dali, em outra região, o clã dos coletores de cogumelos podia bancar isso agora, e morreu por lá alguns anos depois. Para o enterro ela foi levada de volta às ruínas, e ele, não mais um menino e também não mais um coletor de cogumelos — o dinheiro ainda tão necessário ele ganhava de outras maneiras —, assistiu ao cortejo fúnebre da janela da casa dos pais, no fim das férias de inverno. Nevou por dias e dias, mas agora a neve se transformara em chuva, luz cinza-escura, e o manto de neve em vapor ascendente; o caixão, enrolado numa toalha branca, como sinal da virgindade da morta, e a chuva torrencial destacou ainda mais esse branco em meio a toda a escuridão, acentuando a geometria do caixão. Para ele, mais tarde, foi como se esse cortejo fúnebre em especial não tivesse coincidido apenas com o fim das férias escolares, mas também com uma despedida definitiva da região, das paisagens da infância, dos seus familiares, fossem como fossem.

Meu amigo, criança ainda à época, era muito obcecado por dinheiro porque ele, tinha que ser assim, queria comprar algo. E a única possibilidade de conseguir os "meios de pagamento" tão urgentemente necessários, naquela época, nas condições em que crescera, era a coleta de frutas silvestres como framboesas e amoras e, sobretudo, de cogumelos, entre eles os conhecidos amarelos com nomes tão diferentes de país para país — os nomes todos surgem mais adiante — naquele pós-guerra inicial, em todo caso na região de sua casa, onde eram praticamente a única mercadoria.

E o que ele queria comprar com o dinheiro dos seus cogumelos? Acertaram: livros. No entanto, no caso do menino vizinho, eles eram diferentes dos cobiçados por mim. Ao passo que me interessava apenas o texto narrado, o inventado, a fantasia conjunta, a literatura precisamente, para ele interessava somente algo que até chamava de "literatura", que compreendia os livros, ou qualquer material impresso, estimulantes de sua imensa curiosidade; que aliviassem sua irrefreável sede de conhecimento (para mim, sua principal característica de nossa infância: a boca seca e sempre novamente seca de tanto fazer perguntas, perguntas e mais perguntas). E assim com seu primeiro dinheiro dos cogumelos, e não apenas o primeiro, ele seguia pela estrada rural a pé, naquela época ainda raramente percorrida, durante metade do dia para a cidade e voltava, com a mochila cheirando (e fedendo) ainda a cogumelos, cheia de brochuras, que, pelo tema, podiam se chamar: "[...]: O que você sempre quis saber/ As 193 respostas definitivas."

Esta sua primeira loucura por cogumelos talvez tivesse se extinguido por si própria no decurso dos acontecimentos.

Entretanto, como ele me contou, foi então justamente um pesadelo que pôs fim repentino a sua obsessão, mesmo que ainda inofensiva. Certa vez ele descobriu um ponto bem alto, no meio das florestas montanas, que, ao que parecia, jamais fora encontrado por um coletor de cogumelos — muito menos saqueado e devastado pelos velhos habitantes da região ou pelo clã de imigrantes em geral esparramado nos cantos mais distantes da floresta. Aquele local, na imaginação dele, mostrou-se não um mero local, mas todo um país, porque a terra dos cogumelos se estendia por horas e horas e se tornava inesgotável, como um continente. Para onde quer que olhasse, andasse, corresse, caísse, bifurcasse, onde se enganchasse, pulasse córregos, madeira morta, pequenos barrancos: amarelo, amarelo e mais amarelo em toda parte. Coletava com as duas mãos, esquerda, direita, esquerda, colhia, recolhia, apanhava: os amarelos nas lamas da montanha, as "raposinhas", como dizia o pessoal do clã traduzindo do seu eslavo, os "corcinhos", os "finferli", as "setas de San Juan" (nomes que se lhe tornaram familiares apenas mais tarde), não diminuíam nunca, o "amarelo" — "tal palavra, como o 'azul', o 'verde' e o 'cinza', teria sido apropriada ali!", contou-me muito tempo depois —, o "amarelo" nunca mais acabou. Será que desde então seu olhar percebia também as outras cores todas, o outro vermelho, o outro cinza, o outro amarelo?

O que, porém, durante o dia, ao menos por um tempo, ainda fora uma admiração desconcertada, mesmo um encanto, transformava-se em outra coisa na noite seguinte, que meu louco por cogumelos passou forçosamente numa cabana abandonada. O jovem continuava a avistar os cogumelos de São João enquanto dormia. A noite inteira ele sonhava, era sonhado agachando no mais profundo matagal da montanha e assim, cócoras em cócoras, mais cambaleava que saltitava, de novo atrás de um sinal amarelo, e assim por diante, e assim por diante, a noite inteira. Um preto à vista não era nada, algo inofensivo em comparação com esse amarelo em miríades, que se estende, não, se desfigura até o infinito, amarelo, amarelo e mais amarelo à vista do sonhador. E, mais uma vez, não: o amarelo incessante no menino adormecido não estava "à vista" — mas atacava seus olhos continuamente, infiltrava neles, errava ao mesmo tempo no seu íntimo mais íntimo, como sob suas mãos forçadas ininterruptamente à coleta, até que, depois de um encrespar, um enrugar e um pulular amarelos, literalmente não sabia mais entrar nem sair: agora e agora ele sufocaria no amarelo vezes amarelo vezes amarelo; agora e agora esse amarelo potencializado, elevado ao cubo, à quarta, quinta potência e assim por diante, explodiria o coração no peito do menino — ou era o sangue do coração que, com todo o ataque amarelo--venenoso, secaria amarelo.

Talvez não tenha sido esse pesadelo somente que o tenha dissuadido de sua primeira mania por cogumelos, a da juventude. Não obstante, o sonho, disso ele tinha certeza, mais do que outras coisas — como as escolas de fora, distantes nas cidades, os primeiros namoricos, a vivência de outras amizades como aquela com o filho do vizinho —, contribuiu de maneira significativa para que o mundo dos cogumelos fosse deixado em paz, ou ao menos para que pudesse transpor os horizontes, as sete montanhas, das quais nós dois vínhamos, ainda mais que ele, desde muito tempo, pudera comprar tudo o que seu coração ainda bastante humilde desejava.

Isso certamente não queria dizer que, no futuro, na sua região ou em qualquer outra, ele evitasse adentrar as florestas. Estas, por suas incursões de coletor, ficaram sendo um de seus elementos, porém não como as orlas, as beiras e as clareiras de antes. Ele continuava a coletar e a recolher cogumelos ali, mas sem ficar de olho ou procurar propriamente — só quando surgiam por acaso. E continuavam sendo quase que só os cogumelos de São João, Alpes para lá, Alpes para cá. Mesmo quando havia tantos deles que, em seu peso, lembravam a balança na entrada sem porta do posto de coleta, ele não pensava mais nenhuma vez sequer em vendê-los. Não que não precisasse de dinheiro — que lhe faltava também depois da infância, ano após ano. Nesse meio-tempo, ele relutava em ganhar dinheiro com algo como um "comércio", um como aquele, de todo modo; o dinheiro devia "entrar" com atividades mais nobres — quaisquer que fossem.

Assim, passava para outros os achados das florestas tão aleatórios quanto casuais, em casa, geralmente para a mãe. Esta, então, na maioria das vezes, quando ele não exagerava, se alegrava como quem visse um tesouro, embora, aos olhos dela, e aos dele, havia muito não fossem mais tesouros, já que não representavam mais um bem comercial, nem mesmo para uma barganha. Uma alegria questionável para a mãe, sempre que preparava a ninhada amarela, assim ou assado, na chapa do fogão a lenha, ainda mais que nem ela nem seu descendente gostavam do cheiro daquilo e, sobretudo, do gosto quando comiam. (No caso do filho, isso mudaria com o tempo.)

Ocorria algo diferente no máximo no caso em que ele, como às vezes no outono, antes de retornar às cidades onde estudava, vinha das orlas da floresta, tão queridas desde a infância como seus "locais de inchaço", com aqueles cogumelos enormes, muitas vezes com chapéus maiores que pratos, estipes altas e frágeis, e que se chamavam, também em outras ocasiões, "cogumelos guarda--sol": então a mãe não se alegrava mais, maravilhava-se com aquelas formas, pois eram muito mais raras, únicas e, talvez por isso, mais bonitas, e servia os chapéus, panados e fritos como *schnitzels*, ao filho e a toda a família para o prazer excepcionalmente comum de todos. E ai de quem falasse em casa sobre essas delícias incomparavelmente ternas, que de maneira nenhuma lembravam cogumelos, superando tudo o que era especial ou de qualquer modo singular, com um gosto que, sobre um *schnitzel* batido, ainda tão macio e tenro, se elevava mais alto que o céu — ai de quem pronunciasse, em vez disso, as resistentes (e até hoje não desbotadas) palavras de guerra "substitutos de carne", ao saborear o puro guarda-sol. E ele era saboreado toda vez pela família excepcionalmente reunida por vontade unânime, por toda a casa até o canto de oração que ficava deserto e as ampliadas fotografias dos mortos na guerra, saboreavam e saboreavam, mesmo o filho na época ainda ultramelindroso, que, além disso, como décadas depois, já alguém diferente de um filho, relutava e reluta consumir aquilo que ele próprio coletara e trouxera para casa.

Foi o que ele me contou, em todo caso, e repetidas vezes. Aliás, mais tarde ele chegou a servir a seu próprio filho o tal guarda-sol empanado como um *schnitzel*, como um escalope, conforme a receita de sua mãe. No entanto, o paladar do menino não se deixou enganar, já a primeira mordida fora acompanhada da interjeição "sacanagem!", o que não queria dizer que o menino tivesse parado de mastigar, muito pelo contrário.

Após seus primeiros tempos de mania por cogumelos, seguiu-se uma vida em que o mundo dos cogumelos quase mais nada significava para ele. Ou algo não tão bom: após comprar uma casa — que, estranhamente, ficava isolada, muito distante do casario urbano e que, quando de sua mudança, consistia parcialmente de ruínas —, mal se instalara ali com a esposa e a criança, estendia-se num dos alicerces a assim chamada putrefação fungosa, e nela, que destruía a madeira e a argamassa e rompia até mesmo o granito da parede, não se podia encostar nada — o alicerce tinha que ser arrancado (o que, aliás, não seria tão mau para o interior da casa).

Com a casa parcialmente arruinada, tornou-se também o proprietário de um jardim agreste no qual, mesmo depois de desmoitar, arrancar, escavar, ano após ano, e cada vez num local diferente, brotava o assim chamado cogumelo fétido, que fedia por todo o jardim até a casa, até o canto mais isolado, talvez ainda como que encantado por amor e mistério, um mau cheiro do qual o nome do cogumelo não dava nem de longe uma ideia. Essa excrescência, que parecia desfazer um encanto, ficava debaixo de um matagal como um rabanete, quase invisível entre folhagens velhas, como um gelo branquíssimo, aliás, aromático apesar de sua maciez, e de um instante a outro, como num acelerador natural, transformava-se em cogumelo fétido, uma haste como de isopor, "o que ainda passava", ele me contava, "mas então a cabeça: inevitavelmente a imagem da cabeça de um pênis humano, sem dúvida um, à primeira vista, instantaneamente decomposto no ar, fora do gelo, escorrendo de maneira viscosa, e ao céu, um céu que na minha, na nossa casa, tanto mandou como desmandou, e que é uma cabeça de cogumelo fedorenta, escoante, gotejante, quase concomitantemente com o rebentar do ovo, cercada por um enxame de moscas zunindo, como que surgido do nada, e que se lança com tamanha violência sobre a massa gelatinosa que a haste frágil de isopor enverga e a cabeça, junto com a guarnição de moscas, vai ao chão, o que nem por um instante perturba as moscas em sua devoração do cadáver e não atenua o cheiro do cadáver nem sequer numa nuance; a contemplação das moscas varejeiras intensificava o mau cheiro destruidor de encantos? Não, não era possível intensificá-lo".

Naquelas décadas de sua vida, houve outros incidentes desagradáveis envolvendo cogumelos. Mas quanto a eles meu amigo dos tempos de aldeia se calou ou deixou por minha conta imaginar isto ou aquilo a respeito. Além disso: até o que ele contava, mesmo que preparasse o terreno e dramatizasse, mais por brincadeira do que seriamente, eram episódios que, como na época os cogumelos em sua totalidade, quase nada significavam. Episódios aborrecidos de modo geral, com exceção do mencionado, perturbavam-no talvez um pouco, mas não queriam dizer coisa alguma; ele não os considerava parte de sua vida, não como capítulos, nem mesmo pequenos, nem mesmo como frases entre parênteses na sua história.

A história de sua vida, ao menos de sua meia vida, foi definida, depois que ele partiu de nossa região, pelo que já foi um dia chamado de "prazer desinteressado"; era o que ele pensava, de todo modo, de sua existência, era o que metera na cabeça, e não apenas na cabeça, ou era como designara sua vida, e isso se transpunha também para as outras, e ele foi longe com isso, em não somente um aspecto. Aquele prazer desinteressado ajudava na divisão igualitária dos pesos, em não apenas manter a distância, mas em tomá-la, como ato, como atividade, e quando era necessário um realce, um acento, uma diferença, também empreendê-lo em simetria — cooperando como uma contínua — não, não justiça, mas um contínuo fazer justiça. E prazer, nesse caso, queria dizer que ele, também naquelas suas empreitadas, decisões e violações, nas quais algo ou tudo estava em jogo, irradiava um consentimento alegre, quase irônico, a alguns (poucos), entre eles de vez em quando também a mim, uma harmonia que, como me ocorria às vezes em tais casos, imaginava ser mais e também mais forte que sua altamente pessoal — por assim dizer, uma harmonia cósmica; em relação à qual me respondia com aquela sorridente serenidade, que me fazia, por um momento, indignar-me com ele durante sua fase-senhor-do-mundo, que aquele tipo de consentimento era talvez também parte da região de onde nós dois vínhamos, onde o trágico nunca e jamais, ao longo de todos os séculos até os dias de hoje, ocorria. "O trágico não existe para nós. Trágico? Não interessa. (Deem um tempo, pelo amor dos céus, com suas tragédias.)" Naquela fase de sua vida, meu agora desaparecido amigo acreditava estar distante, tão distante de qualquer mania, ou tomava e mantinha distância delas, distante, tão distante de quaisquer pensamentos errados.

Jamais ele pensara em se tornar algo importante. Ainda enquanto criança, quando perguntado o que gostaria de ser, já ficava devendo uma resposta ou no máximo dava de ombros ou, uma de suas especialidades natas, recolhia um olhar entre o sério e o abobalhado. Tão curioso como sempre fora: nada queria saber dele mesmo no futuro. Nada havia a saber quanto àquilo. E, além disso, desde pequeno era para ele inimaginável que algo como um futuro jamais acenasse a ele, alguém como ele. O futuro não lhe interessava em particular e assim, depois que sua primeira alucinação passou, nada mais em particular, ou avulso, interessava.

Assim, de meu amigo da aldeia, que não queria ser nada, foi feito algo, ainda que, como me fez entender uma única vez, meramente para o mundo exterior. "No íntimo nunca fui além das orlas da floresta, para onde, com sete anos de idade, corri a fim de escutar-o-vento--nas-copas-das-árvores. Talvez por fora, conforme as aparências, tenha sido isto ou aquilo, mas não mais. Digo apenas: nada além disso foi feito de mim!" Não importa: sem propósito e intervenção, ele representava algo para mim ao longo das décadas. Ele atuava. Atuava em todas as direções possíveis mundiais e terrestres, e efetuava. O que efetuava? Conforme o que ouvi falar dele pelo vasto mundo nesse meio-tempo, pelo menos nada de monstruoso, o que é digno de certa atenção em meu preconceito de que todos os seres incessantemente ativos no interesse da universalidade, se não da humanidade, estariam mais bem colocados exercendo algumas nulidades como a prega de botões, a coleta de chamiços ou mesmo o deitar-do-corpo-indolente, de modo que ao menos não causassem nenhuma desgraça.

Eu explicava sua atuação e efetuação para mim mesmo da seguinte maneira — ainda que esteja consciente de que tal explicação provém da minha fantasia já há muito em vigor sobre meu caro desaparecido: sua atuação vinha da sucessão tão característica nele de presença de espírito e, de repente, ausência, completa ausência e de repente completa presença de espírito, e ao contrário, novamente ao contrário. Ainda a atenção em pessoa, ele podia, de um instante a outro, de súbito, bruscamente, quase repentinamente, sair de sua presença e assemelhar um simulacro ou uma casa deserta, em cuja fachada se tivesse vontade de bater ou, por vezes, também martelar com um grito: "Olá, alguém aí?", e alguns instantes depois não apenas a casa estava de novo habitada, mas, além disso, o lugar e o local — a instância, todas as instâncias exteriores normalmente superiores — que fazia justiça à pessoa ou, ao menos, prometia justiça —, o que, no momento, era exatamente o necessário. Parecia certo fazer seu trabalho com a mão esquerda, e não somente a ele, por muito tempo, também porque dava menos a impressão de trabalho.

E a fantasia também me esclarece agora que tal ritmo, da presença para a ausência e vice-versa, baseava-se na alternância entre sua original sede de conhecimento, mais um desejo, uma volúpia, e a fuga frequentemente precipitada dos livros e das brochuras, da "literatura", escapando também da casa e da aldeia, para longe das pessoas, para as orlas da floresta, distantes dos seres humanos, sem palavras, e que não podem ser soletradas, decifradas, nada e mais nada dizem, somente rumorejam, sibilam, crepitam e agarram pelas axilas. Então de volta para o local de onde viera, imediatamente! Sua existência, um jogo constante entre volúpia de conhecimento!, sociabilidade e mistério — o que, aliás, não era da conta de ninguém e mesmo a mim, seu único amigo, ele confiou só muito mais tarde. Ele não poderia tampouco atuar de outro jeito nos anos seguintes, e por meia vida até o aparecimento de seu desvario, de que ele próprio se tornava consciente. Ele atuava: isso significava que, por meio da mudança de marés de presença e ausência, ele irradiava confiança — não entre aqueles indiferentes à confiança, que a consideravam fraqueza. Era como se, além disso, ele fosse meu juiz e meu advogado numa só pessoa, mas, claro, principalmente meu advogado, sobretudo quando era o caso, e ele, o advogado, era necessário. Ele de fato se tornara advogado, advogado criminal, indo e vindo de tribunais internacionais, e em muitos era útil — justamente porque o ato de julgar sempre se manifestava nele como uma espécie de chamado à ordem. Muitos também o imaginavam político, nos palcos do mundo; felizmente a coisa ficou apenas na imaginação, que não era aliás a dele — ele não fazia ideia de seu desenvolvimento, não conseguia e não conseguia achar que ele próprio, mesmo como alguém que "se tornou algo", tinha se tornado algo, sem falar que, como disse, ele podia ainda ser isto ou aquilo.

Assim, ao longo das décadas meu amigo da aldeia, se não rico, ficou "bem situado", como se dizia. De inimigos eu nada soube e, curiosamente no caso dele como reconhecida pessoa de confiança, tampouco de amigos. Em compensação, ouvi falar dele com mulheres, ou melhor, de mulheres com ele, de novo curiosamente, já que nunca pudera imaginá-lo mulherengo — mas eu provavelmente penso assim porque conhecera o menino e então o jovem franzino, mesmo que esportista (no futebol e em outros esportes lá estava novamente aquele ritmo de presença e ausência com o qual ele burlava e superava seus adversários). Um "herói das mulheres" um herói? "Ter sorte com as mulheres"? Sorte? Na minha fantasia rimos os dois, meu amigo desaparecido e eu, em dueto.

Foi nesse período de sua, como se diz?, ascensão social que o perdi gradualmente de vista. Ele continuava a me enviar sinais de vida, que, é claro, jamais tocavam naquilo que circulava sobre sua vida nos jornais. Nunca pude confiar simplesmente no mero diz que diz, nos jornais, sabe-se-lá-deus-por-quê, embora eu, no caso, temporariamente também implicado ou apenas intencionado, de fato devesse ter permanecido incrédulo: se isso tivesse afetado outros além de mim, eu estaria inclinado a acreditar um pouco cegamente no que constava impresso, ao menos durante minha juventude, e ainda agora, mesmo que apenas por um momento. De acordo com os jornais eu devia, portanto, saber que meu amigo de aldeia, futuro cidadão do mundo, "sempre de ternos italianos ou franceses, sapatos ingleses sob medida, alternando gravatas de seda para todas as fases do ano e do dia", já se casara pela terceira ou quarta vez e acabava de se separar de sua última esposa, a indígena de Fort Yukon, no Alasca — suas esposas, se noticiava, tornavam-se cada vez mais "exóticas" —, enquanto noutro lugar constava que foi a esposa quem o deixou, que era ele o abandonado desde a sua primeira mulher: não existia aí um mistério, algo não necessariamente bom? E também: onde entravam os filhos? — nem sequer um por décadas.

Em contrapartida, mais ou menos na mesma época, um de seus sinais de vida pessoais: haviam caído naquele instante os primeiros flocos de neve em seu jardim. Durante a jardinagem pela manhã, como sempre, o pintarroxo — "sempre o mesmo ou é só minha imaginação?" — assobiou dos arbustos, "pousando silenciosamente sobre a terra preta recém-varrida, mais silenciosamente do que qualquer folha de árvore". Ele corria os olhos pela história da minha vida na baía de ninguém e sentia que ele próprio também era narrado ali. E, além disso — "isto é para você, não conte a mais ninguém!" —, ele encontrara a mulher da qual recebera o esperado empurrão, isto é, com ela tinha finalmente "ficado sério", o que havia tempos sonhara de uma mulher, e "ficado sério" queria dizer que ele quisera "salvá-la", a outra, de imediato, "levá-la para um local seguro", ele próprio junto, mesmo que talvez nem ela nem ele precisassem daquilo, isto é, ser salvos ou levados para um local seguro — não à primeira vista, "ainda não!". Que seja: eles haviam se encontrado a meio caminho, não apenas "falando por imagens". A mulher a propósito, como havia tempos sonhara também, vinha "da nossa região, caro amigo", da aldeia vizinha. E o melhor de tudo: eles haviam outrora esperado o ônibus no mesmo ponto, ainda que em horários bastante diferentes — mas o que eram "todos os horários diferentes em comparação com o Outro horário"?

Ele se uniu à mulher da aldeia vizinha de um dia para o outro — "ou, se preferir: da noite para o dia" —, e os dois esperavam um filho para o próximo verão, do qual ela e ele já sabiam o nome em segredo, sem que precisasse ser pronunciado. "Sim, meu amigo: a mulher me conduziu por caminhos secretos, como diz seu Wolfram von Eschenbach. Não me deseje sorte, mas coisas boas: que eu seja bom, sempre. Reze por mim. Eu preciso disso. Sinto que, sozinho, sou muito fraco, justo agora que a coisa finalmente ficou séria. Fraco demais para tal seriedade. Eu o pressinto, temo por isso. A mulher confia em mim, e como. Eu porém não confio em mim. Tenho medo de mim. Sim, reze por mim. Quem reza por mim? Me sinto tão fraco por um lado quanto por outro, e isso agora, na minha situação, faz ter medo de mim, um escolhido. Sim, desde que deixei os meus e corri sem demora para a orla da floresta, para ficar sozinho com o rumor das folhas e o assobio dos ramos, sinto-me como um escolhido, também no seguinte sentido: o que tenho a ver com vocês? E agora de novo no pressentimento: mulher, o que tenho a ver com você?! Eu, desde sempre demasiado fraco para os meus, e ao mesmo tempo? e por isso? um escolhido, ou fingindo sê-lo, para alguma outra coisa, completamente outra — a Outra? Ou, ao contrário, um escolhido desde o início e, por isso, não destinado à comunidade, qualquer que seja. Um tabu como um escolhido? Não me toquem, sou um tabu para vocês!? — rezem por mim!"

Foi a partir dali que a vida do meu amigo a desaparecer no decurso dos acontecimentos começou a se transformar numa história em si? Se assim foi, decerto ocorreu sem repente e susto. Tudo começou muito suavemente, e assim permaneceu também por muito tempo. No início, permanecendo assim também por muito tempo, não era nada mais que uma cotidianidade, aquela dileta, que ele imaginava como um ideal de vida, justamente para a proteção de sua consciência de ser alguém muito especial, uma cotidianidade, além disso, inofensiva e tão tranquilizadora: nada mais pacífico, mas também — por que esse mas? — nada mais amigável que tais cotidianidades, como deveriam encontrá-lo em seguida — nada mais infantil. Ou não?

A história, a verdadeira, a especial, teve início num dia de verão, semanas antes do nascimento de seu filho. Da casa e do jardim ele partira para as florestas acidentadas das proximidades, através das quais o caminho mais curto, primeiro subindo um pouco, depois despencando abaixo, conduzia à capital. Ele nada tinha que fazer lá, só queria encontrar a esposa já nos últimos meses de gravidez para o jantar; ocasionalmente ele era liberado do tribunal, onde devia mais uma vez defender um acusado de crimes de guerra. Precisando mais caminhar que dirigir e, como em prol do futuro filho, para longe, para cima e para baixo, para baixo e para cima, deixou o carro na garagem e considerou a estação de trem do subúrbio uma estação de trem. Atravessou as florestas acidentadas, que não representavam uma barreira tão alta rumo à metrópole, de terno, gravata e chapéu (nem um "Borsalino" nem um "Stetson").

O caminho conduzia por florestas de folhas caducas. Que diferença das florestas de abetos, pinheiros e pinhais da nossa infância. As florestas no outro país eram ralas da cabeça aos pés, as árvores, carvalhos, castanheiras, faias e bétulas, distantes umas das outras, os ramos mútuos e nós não entrelaçados, quase nenhuma mata de corte, e ao sol transluzia a floresta inteira, mesmo que se estendesse muito ao longe. A expressão "amplitude rala"[1] ganhava

---

1. Da expressão *lichte Weite*, que, em arquitetura, tem o sentido de "vão" ou "diâmetro interior", e, literalmente, significa "amplitude rala". [N.T.]

assim um novo significado. No início, tal claridade não agradara. Assim como no outro país se dizia que vinho branco não é vinho nenhum, ele pensava que florestas de folhas caducas não eram florestas. A escuridão, o sombrio, a estreiteza, o aperto, o não-conseguir-orientar-se, mas o ter-de-ir-abrindo-caminho — tudo isso lhe fazia falta. Além disso, em toda a sua amplitude rala, essas florestas de folhas caducas lhe pareciam sujas, não, impuras, isto é, em outras palavras, sentia falta nelas do sentimento de pureza que outrora experimentara nas florestas de coníferas, e justamente em sua profundidade e com toda a angústia — a pureza também aí; mesmo os cogumelos verminados e mesmo os esqueletos, tão particularmente brancos, dos corços, raposas, lebres, irradiavam algo de puro nos lamaçais. Assim, por muito tempo, até talvez aquele dia de verão, ele não aceitava as florestas de folhas caducas como lugares, como vizinhança, como espaço ou localidade, tomando-as por meras entrezonas e estação de trânsito do ponto de partida A para o destino B — à exceção daquela única vez em que, com sua última esposa, se encontrava a caminho de uma outra cidade por uma dessas florestas de folhagem e ela, subitamente, puxou-o, ele não sabia mais se pela camisa ou pelo cinto — de qualquer maneira não pela gravata e de jeito nenhum pelo cabelo —, quase os arrancando, com uma expressão no rosto como se fosse ela quem devesse salvá-lo.

Até então, durante a travessia da chamada floresta de folhas caducas, ele não olhara ainda em especial para o chão. Já havia muito aquilo não era mais o caso em lugar nenhum, assim como ele, já havia muito, também não olhava em especial para o céu — à exceção novamente daquela única vez em que sua profissão o levou a um país em guerra civil, e então apenas nas noites claras estreladas, quando as bombas acertavam os alvos com precisão. Profissão ou não: em seus tempos de cidadão do mundo, seu olhar ia adiante decididamente, sempre na altura dos olhos.

Foi assim também na tarde de verão em que, completamente só, com o chapéu agora na mão, subiu as acidentadas florestas de folhas caducas. Deve ter escolhido um caminho bastante íngreme, ou não teria aquilo que se lhe tornava tão "subitamente evidente" (suas próprias palavras mais tarde), ao mesmo tempo à altura dos olhos. Essa era uma altura dos olhos como jamais encontrara. Nada de valor histórico entrava às escondidas nela como, por exemplo, entre dois chefes de Estado, entre dois artistas;

nada fatal como, para além da história da humanidade, por vezes entre homem e mulher (não apenas nos romances de Georges Simenon); nada de indescritível como mais de uma vez já sucedera a ele, o advogado, com o réu à altura dos olhos — e mesmo assim — e mesmo assim.

Agora, a altura dos olhos, ela era descritível. "Sim, olhe lá!" A coisa, o assunto diante dos olhos dele, ao mesmo tempo dentro dos olhos dele, ela, aquilo era descritível. Mas ela própria, aquilo próprio não tinha nome, ao menos nenhum que estivesse no momento de acordo com ela, aquilo. Mesmo "assunto" ou "coisa", tais palavras, elas não estavam de acordo com eles. "Não ria!", dizia-me então meu amigo: "O que me apareceu sob os olhos brusca, não, não brusca, imprevisivelmente: eu o percebi, por um momento, como algo sem nome, ou se tivesse um nome para aquilo, então, numa silenciosa exclamação, no meu íntimo: 'Um ser!', precedido de um 'Oho!', como muitas vezes começam as frases nos romances de Knut Hamsun: 'Oho, um ser!' E, de modo que eu não me esqueça: ainda antes da silenciosa exclamação — só agora, ao narrar, isso me ocorre — houve outra talvez ainda mais silenciosa, que foi assim: 'Agora!'"

Oho! Veja lá! Para ele foi como se, sem saber, tivesse esperado por esse momento, pela visão, por esse encontro e essa coincidência. Desde quando? Foi um tempo que não se podia medir: "há tempos imemoriais", e isso podia ser tanto antes de seu nascimento quanto ontem. Com isso ele não exagerava, pessoas têm olhos, como ele os tinha ali, topando imprevisivelmente com seu primeiro cogumelo porcino, um nem tão grande, crescido tão retamente, é claro, com um chapéu castanho luminoso, desprovido de qualquer caracol ou outro bicho, o branco puro na parte inferior. Como no livro ilustrado? Mais ainda, como que saído do reino das fábulas? Então existia, era parte ou componente da realidade; revelava-se ali no ser fabuloso tão real como qualquer outra coisa; "encontrar isso na altura dos olhos", me escreveu muito mais tarde, "significava mais para mim, ou, de todo modo, era diferente de ver um leão aproximando-se entre as árvores — um dos meus sonhos recorrentes desde pequeno — ou, digamos, de estar inesperadamente em face de um unicórnio enfeitiçado vindo sabe-se lá de onde, e algo muito distinto do caçador lendário e futuro santo encontrado no meio da floresta pelo veado com a cruz na cornadura. Meu ser fabuloso, meu primeiro e até agora também último, nada tinha em comum com um animal lendário. Ele era parte e ingrediente do dia claro e em vez de questionar a realidade, levar à meia-luz e, como no sonho do leão que se aproxima, retirar-me o chão debaixo dos pés, fortalecia o chão e, na mesma medida, a claridade do dia; a excrescência fabulosa, ela acentuava a realidade do dia, o que não posso imaginar do encontro com um unicórnio crescido da terra, além disso, até hoje nunca me apareceu um real: por bem ou por mal, diante do unicórnio, na contemplação do leão, com arco e flecha, como caçador, na presença do veado, meu coração teria batido talvez mais rapidamente. Mas, acredite, diante do meu primeiro cogumelo porcino, com mais da metade da vida para trás, ele bateu mais alto, tão alto, acredite você ou não, como nenhuma outra vez!"

Como isso? Criado numa região rica em florestas e tendo, desde criança, como se dizia entre nós na época, "ido aos cogumelos", rastejado e se arrastado nos cantos mais escondidos e altos da floresta de coníferas à procura daqueles, quer dizer, os vendáveis, os amarelos, nunca topara com o rei da infantaria? Nunca. Nem uma vez sequer. Ou ele se tinha alguma vez de fato agigantado como aquele agora, no musgo acinzentado, luminescente nos debulhos cinzentos de abetos e coníferas caídas, ainda mais visível do que a folhagem acastanhada do ano passado brilhando ao sol? E justamente como algo, ou alguém, tão evidente e patente, o menino nunca o percebera na época? Sim, talvez, ou com certeza. Mas como então explicar o fato de o menino, entre todos os outros caçadores de cogumelos, jamais ter visto um cogumelo porcino, nem um sequer, nem mesmo com o clã dos ladrões da floresta? À vista dos cestos e outros receptáculos de seus concorrentes nada nos olhos senão o eterno amarelo? Ou os mestres, as formas fabulosas estavam escondidas embaixo deles, não deveriam ser vistos por ninguém? Mas como da entrada do posto de coleta de cogumelos não se lembrava de nada além do amarelo, inundações de amarelos, caixas e mais caixas? Cantos secretos, sem luz, onde os reis desenraizados tombavam? Destinados a que mercado? — Mas não os notou nos mercados em lugar nenhum ou, também tempos depois, não foi atraído aos mercados, se não pelas frutas exóticas, as de além-mar, as "ultramarinas".

Quando eu, apesar disso, insisti que ele, quase com cinquenta anos de idade, enaltecia demais a experiência com seu "primeiro porcino", meu amigo retrucou: "E o que fazia você, na época, com sua história da 'repetição', em que você, ainda menino, parte do nosso vale cercado rumo às sete montanhas, ao sul, e então, na encosta da sétima montanha, depara com o mar ou apenas o relevo cársico e lá, vendo uma folha de palmeira, ou era uma pequena figueira, ou, mais provável ainda, só uma folha de figueira levada pelo vento, salmodia o 'acontecimento da primeira figueira'?! Eu louvo meu 'primeiro porcino' sobretudo porque foi um acontecimento que mudou minha vida!" (Quando meu amigo de infância deu tal resposta, ele não podia nem saber nem pressentir por onde erraria em seguida sua vida transformada.)

Primeiro ele se aproximou do cogumelo, que, à margem da encosta da montanha, ao contrário de todas as outras coisas e plantas, também das árvores altas, não se movia com o vento morno, e agachou o corpo ali, na folhagem, despreocupado com o traje, no qual todo e qualquer fiapo incomodava. A toda hora, sem intenção, desviava da coisa e olhava em volta, como quem pulsasse recuando vagarosamente, proporcionalmente, em cada vez mais círculos. O que se via assim, ali, então, lá, e assim por diante, ele contava a si próprio em segredo. Uma amoreira estava repleta de amoras avermelhadas, ainda verdes, enquanto no interior da árvore havia algumas já bem pretas, o que significava estarem maduras, estranho, justamente aquelas preservadas do sol, em parte no escuro. Uma rã-anã, das que, no início do verão, se transformavam de girinos sem patas em quadrúpedes e se abalavam em milhares do pequeno lago abaixo para as florestas nos cerros, definidas sabe-se lá como e por quanto tempo como seu hábitat, tornou-se visível, uma raridade, e saltava, menor que a metade da unha do meu amigo, confundindo-se com uma das aranhas para lá e para cá e, por mais leves que fossem os movimentos do ínfimo animal, erguendo com seus pulos um pequeno grão de areia, "um sobrevivente entre milhares e milhares!". Um carvalho à beira do caminho inchava devido a uma espécie de câncer, ou era aquilo a escultura em madeira de uma giganta quase parindo? Um grupo de ciclistas de montanha empurrava suas bicicletas colina acima, e, enquanto estava lá, involuntariamente impelido na direção do cogumelo, que eles não teriam notado (mas quem sabe?), aconteceu, pela primeira vez, de ele ter sido cumprimentado por tais desconhecidos, não porque estivesse de terno e gravata, e lhes retribuiu a saudação — ou o saudar mútuo ocorreu ao mesmo tempo, tão naturalmente como qualquer coisa? Com aquele pequeno tesouro surgiu nele um "Eu estou aqui! Eu também estou aqui!", ou um simples "Aqui!", como jamais nenhum outro.

Mais tarde, até se estirou junto ao cogumelo. Como outrora nas orlas da floresta, ele ficou todo ouvidos, decerto sem nenhum propósito: começou a ouvir como quem começa a andar, a refletir, a pensar ou ainda a hesitar. O barulho da motosserra e a martelação, nem próximos nem distantes, das construções que proliferavam no subúrbio em torno do lago. No céu azul o som baixo e constante — um "som baixo"?: sim — dos aviões comerciais, além da crepitação esporádica dos helicópteros que iam e vinham do aeroporto militar nas proximidades — "além de"?: sim. Nada podia acontecer aos passageiros no espaço aéreo, não agora, de todo modo não nesta hora, não neste voo. E das rodovias e vias expressas periféricas além das florestas um zunir, um berrar e um ribombar jamais ouvidos em tamanha proporção e, com eles, o ressoar das buzinas, das sirenes de ambulâncias e carros da polícia e toda a bulha, mais ou menos próxima e distante, competindo com o farfalhar também ouvido pela primeira vez da folhagem nas copas da floresta no verão, o bater-se e raspar-se umas nas outras, o ranger, o chiar, mesmo o assobiar e flautear, ali e ali, de um ou mais ramos cruzados e enroscados nas rajadas de vento. E a maldade que, lá fora no mundo, com os ouvidos atentos para as sirenes e agora para o estampido final!, ao mesmo tempo passava e era iminente, agora, e agora? Com os meus botões — não deve ser — tão ruim. Também a ele, ali estirado, nada podia acontecer no momento ou mesmo à esposa, com a criança no coração. O cogumelo ao lado era o seu cogumelo da sorte, deles dois, deles três.

Meu amigo já não conseguia se lembrar, mais tarde, de como colhera finalmente seu primeiro cogumelo porcino, o *hongo*, o *jurček*, o *vrganj*, o *cèpe*, o *boletus edulis*. Era aquilo colher? Desenterrar? Arrancar? Podar? Girar--para-fora-da-terra? Só podia dizer: ele o "recebera", aliás, sem olhar em volta para ver se não havia talvez outros no entorno. Certo é que não enfiou o tesouro no bolso do terno nem o escondeu no chapéu para continuar caminho acima e abaixo até a cidade: ele o transportou abertamente na mão, que ao mesmo tempo segurava o chapéu e se movimentava, sem sequer mudar a postura, nas últimas horas da tarde até o anoitecer, para encontrar sua esposa no local combinado, saltando do ônibus e embarcando no metrô e por fim de novo caminhando. E ninguém percebia o que ele equilibrava e manobrava junto do chapéu, ou na aba, em meio à multidão, como quem transportasse algo particularmente delicado.

Tesouro? Transportar um tesouro? De fato, naquelas horas de verão, ele sentia que os seus sonhos mais antigos, nos quais, como caçador de tesouros, encontrava um tesouro, e um daqueles que o ajudavam com os feitiços, tinham se realizado, mesmo que o tesouro fosse muito diferente em sua imaginação infantil. Lá, então, imaginava o tesouro que o esperava, "a quem digo isso?", como algo metálico, mineral, pedra preciosa, de todo modo algo duro e indestrutível, robusto. E agora: o tesouro destinado a ele, o tesouro que esperara o tempo todo por ele — sem que ainda o soubesse — era algo, num primeiro momento, bastante duro, diferentemente robusto e, além disso, elástico, e então macio e cada vez mais macio, nitidamente pernicioso, perdia sua elasticidade inicial, também o cheiro originalmente tão puro — de "nozes", se dizia? —, só o cheiro "cheiro" — deflagrado não apenas pelo ar da cidade e passando à ambivalência: vivenciar algo tão transitório como um tesouro dos mais valiosos, isso não era infantil? A resposta do meu amigo, no limiar da loucura definitiva por cogumelos, e também anos e décadas mais tarde: "Não!"

Quando, no bar onde haviam marcado encontro, ele mostrou à esposa o tesouro — nem ela o percebera —, a grávida de vários meses arregalou os olhos, por certo de susto. Ela estremeceu, e o bebê em seu bojo. Ele precisou convencê-la a pegar o cogumelo, que ainda estava bonito, o chapéu com um brilho de umidade recente, a carne branca debaixo do chapéu, como que impelida das profundezas da terra diretamente contra a luz. Ela segurou a coisa distante de si e observou com menos admiração do que com certo horror. "Que feio!", ela disse, e também não o ajudou chamar a atenção dela para o ponto mais claro na parte castanha do chapéu, na forma de uma folha de carvalho, que ali pousara. E no entanto ela, como ele, também era do campo, como disse, uma habitante da aldeia vizinha.

O dono do bar precisou dar de cara com a coisa para que ela mudasse de ideia. Também ele arregalou os olhos quando viu o cogumelo, mas de admiração, e o susto, que veio junto, era um susto alegre. Ele mesmo partira para a floresta em seu dia de folga, mas ventava muito, ainda mais do oeste, e os cogumelos não brotavam da terra sobretudo quando soprava o oeste. Como isso, um barman, numa metrópole, como caçador e conhecedor de cogumelos? Será que ele vinha do campo também, como seus dois clientes? De jeito nenhum, era um filho da cidade, de ponta a ponta, só que os cogumelos, quase todos, ao menos os comestíveis, eram sua paixão desde o dia em que o pai o levara, ainda um fedelho, para longe dos plátanos da cidade, afora e acima na direção dos carvalhos, castanheiras, faias e bétulas.

E ele pegou o cogumelo um tanto pesado com mãos incomparavelmente leves, que ficaram na memória do meu amigo, entre os dedões e os dedos menores e, com o auxílio de uma faquinha com a qual costumava descascar limões, tirar rodelas de laranja e outras coisas, talhou fatias muito finas, como hóstias, do cogumelo, não do chapéu, mas das laterais do pé inchado. E mostrava aos dois ali, sobre o balcão, o que fazia; demonstrava: podem ouvir a carne sendo cortada, o som, quase um tom, vocês ouvem? E estão vendo as gotículas, como saem, não, brotam do corte, e como borbulham, brotam e borbulham, incolores, claras, onde no mundo já viram gotas d'água tão claras?

E o barman já servira ao casal o prato com as rodelas brancas, quase transparentes, cruas e entremeadas de palitos de dente, e meu amigo e sua esposa saborearam-nas sem qualquer condimento, saborearam-nas sem hesitação — a mulher, aliás, primeiro — e devoraram no decorrer do tempo todo o cogumelo assim preparado, e o prato permaneceu até o fim uma degustação. O paladar de ambos foi despertado como nunca. Meu amigo sentiu o sabor como nunca. E isso significava: com o auxílio da comida, pensar bem e pensar em algo de bom, sentir algo de bom.

E o jantar, então? Tal degustação estimulava o apetite e além disso a grávida tinha uma fome constante, só pensava em comer nos últimos dias antes do nascimento, uma refeição após a outra. E resultou ou coincidiu que, justo naquela tarde, no fim do verão, justo no local onde estava o casal, a cozinha recebera cogumelos porcinos. Por que ele me contava isso? Porque haviam comido mais da mesma coisa, só preparada de maneira diferente e com outro formato? Bobagem: era a desvalorização de seu tesouro ali, diante dos olhos, com aquela entrega. Esses cogumelos não eram maiores ou mais bonitos que o seu, eles tinham sido colhidos em florestas semelhantes, apenas um pouco mais distantes da metrópole. Mas quantos eram! Eles chegavam empilhados em caixas de frutas e batatas que disfarçavam seu conteúdo, tão pesados que era preciso dois homens para cada caixa, e todas as caixas e caixotes secretamente cheios pareciam não ter fim desde a entrada até atrás da porta vai-e-vem da cozinha do restaurante. Da cozinha, onde os cogumelos eram pesados, ouvia-se uma exclamada e infinita ladainha de números, quilos e então quintais, cada prodígio único — não era um cogumelo assim, e não deveria continuar assim? — traduzido numa unidade de medida, depois numa medida de quantidade, e quando a porta vai-e-vem — esvaziado por fim todo o caminhão, ou eram dois? — permaneceu escancaradamente aberta, meu amigo viu, de sua mesa (sua esposa, que comia e comia e engolia sem mastigar muito, pareceu não notar a coisa toda), uma gigantesca pilha de porcinos sobre o piso de ladrilho da cozinha, nem tanto por descuido, mas porque um dos cozinheiros assistentes, com a mangueira de água pressurizada, um esguicho breve, um banho superficial, varria deles a terra e a areia, os restos de samambaia e de grama. Durante o esvaziamento no ladrilho, os chapéus ou as cabeças de vários deles foram quebrados e caíram ainda mais com a pressão da água, e assim, à distância dos seus olhos, que ainda preservavam o seu e o único, os milhares de porcinos ali despejados, as medidas, os quintais, todas as hastes sem cabeça assemelhavam-se a pedras, a uma pilha de pedras apáticas, pesadas e sobretudo sem valor, ao menos inferiores. E seria aquilo um tesouro? E só o dele, a coisa, o singular, teria sido um tesouro?

O desencanto não durou muito. Durou só aquela noite. Já na manhã seguinte o encanto ressurgiu, e já no despertar, nos momentos de transição do meio-sono. Seu efeito se dava justamente pela ausência de um objeto de encanto. "Como ambição?", perguntei. "Não", respondeu meu amigo, "como anseio, ou, mais de acordo com seu feitio, como desejo de aventura." Aquilo o acordava agora subitamente, impelia para fora, ao ar livre, para as florestas, e não apenas à sua orla. Ele tinha tempo, durante todo o dia, estava liberado, até segunda ordem, de seu trabalho no Tribunal Internacional.

O início das dores de parto de sua esposa o impedia, claro, de partir. Faltou pouco para que a levasse a mal por isso, mesmo que por um ínfimo momento. Mas eis então o seu: "Sou o salvador!", o que, no caso, não era aliás muito apropriado. Sem pressa ou preocupação, o caminho comum até o quarto reservado na clínica, e então quando a esposa e a criança, por uma cadeia de condições adversas que aqui não vêm ao caso, de fato precisaram ser salvas, não foi ele, o marido e pai, quem salvou as duas. Quando a operação, de súbito, foi necessária, ele vagueava inocentemente pelas ruelas lá fora, todo ouvidos para a bulha do estádio de futebol ali perto, onde, conforme os gritos, para cá ou para lá, tentava adivinhar o placar do jogo. No retorno à clínica o susto, então o alívio, então a alegria e por último de novo um susto, em retrospectiva, que ainda durou por um bom tempo.

Assustar-se assim causava esquecimentos e, na sequência, meu amigo de infância esqueceu o cogumelo. Esqueceu tudo que é cogumelo. Ou talvez não o tivesse esquecido, mas a coisa se tornara desimportante — não tinha em sua imaginação mais qualquer importância. A esposa, a criança, assim como o recomeço na profissão que, "graças à criança", como me escreveu, lhe dera um novo impulso, haviam se tornado agora "tudo para mim". Não demorou, contudo, para que fosse com a criança às florestas agora outonais — sua esposa as evitava, alérgica ao ar, às folhas murchas salpicadas e às teias de aranha no rosto —, e para que lançasse olhares laterais em direção às margens do caminho e espaços entre as árvores. Mas nem uma única vez ele encontrara muita coisa, e achava aquilo certo também, ao menos quando, com nada além da criança nos braços, saía novamente da floresta.

Assim passou um ano, passaram dois anos. A única, pequena consequência do "tesouro" (agora entre aspas):

o caminho montanha acima, no qual ele deu de cara com o porcino avulso naquela tarde de verão, chamava-se agora para ele, em segredo, "o caminho pré-nascimento", e, diga--se de passagem, conservou esse nome até o desaparecimento do meu amigo.

Depois, aconteceu cada vez mais de o advogado partir para as florestas tão próximas de sua casa levando seus autos. Ele imaginava que, sobretudo na elaboração das defesas, o silêncio de lá, mesmo que incompleto, associado ao rumorejar quase constante da folhagem, à proximidade com a metrópole na ida ou na volta, apesar de todos os ruídos urgentes, talvez frutificasse os adendos decisivos, ou também as pausas, os espaços vazios, os desvios decisivos para outras coisas. Imaginação? Advogado estranho? Estranho, talvez. No entanto, o que no início era apenas imaginação tornou-se com o tempo fato: suas defesas logravam, seus réus eram, quase sem exceção, inocentados.

O local onde se encontrava na época, no chão, recostado numa faia, a casca da árvore particularmente lisa, ainda de terno e gravata, o chapéu ao lado, era uma clareira, quase em forma de círculo, não grande o suficiente para um verdadeiro descampado, mas grande demais, também redondo demais, geométrico demais para um intervalo meramente acidental. Era, de fato, um intervalo, mas criado sabe-se lá por quem e quantos anos atrás, por lenhadores e seu acampamento há muito desaparecido?, de todo modo um espaço artificial. Ele não se encontrava no interior da floresta, mas a alguns passos da orla, da qual se estendia um aceiro largo e vazio para canalização de gás ou coisa do gênero. Apesar disso, o advogado estava ali sempre sozinho, como se o espaço redondo, no qual imaginava um teatro medieval, fosse acessível somente a ele e tabu para todos os quase "estranhos ao ofício". Era também como se tivesse sido estipulado que a entrada do local fosse bloqueada por feixes de chamiços empilhados como paliçadas, e a passagem estivesse ali não apenas para ele, mas, desde o princípio, fosse visível somente para ele.

De novo um verão, mas desta vez de manhã, com sol (ou talvez não). E após a entrada no teatrinho ao pé da faia, onde ficava seu acampamento de trabalho, como se lhe aguardasse uma autêntica reunião — sim, era o que eram e se tornaram novamente por um instante — de seres que, havia tempos, fora não apenas esquecida, mas, como agora lhe ocorria, atraiçoada por ele. "Aí estão vocês novamente!", dizia-lhes sem querer. "Aqui estamos novamente." Eles se erguiam às dúzias na folhagem das faias do ano anterior e entre as cascas hirsutas e vazias das nozes das faias, e todos juntos, quase do mesmo tamanho e aprumados, e todos em pernas igualmente esbeltas e nada inchadas, como, isso o louco por cogumelos aprendeu e pregou apenas mais tarde, somente porcinos avulsos e solitários podem se erguer em torno das faias — "quando, raro o bastante, ali crescem e conseguem penetrar a camada de folhagens e os brotos espinhosos — nome expressivo! — que nas faias são particularmente abafados e hostis".

Deles havia muitos, e ele logo parou de contá-los. Mas a quantidade não era a principal razão. A contagem, em face de tamanho esplendor, lhe parecia imprópria. A pluralidade no local era, além disso, uma raridade. Nunca mais viu algo assim, e, sempre que ouvia de outras pessoas que haviam topado com cogumelos em tal medida que "se poderia ceifá-los com uma foice", ele sabia que só falava daquele jeito quem não tinha nada que ver com cogumelos, pelo menos não como ele.

De novo estranho, ou não: mesmo quando encontrava grandes quantidades de cogumelos que descobrira saborosos, ele não os compreendia como "grandes quantidades", e também não se via como "amigo dos cogumelos"; ele jamais pronunciara essas palavras e, com o tempo, as ouvia com um desdém crescente de seus colegas micologistas. "Micologistas?" Não, os que falavam de suas descobertas em "quilos", que as haviam reunido "em um minuto" e trazido da floresta "aos montes", esses não eram conhecedores ou teóricos de cogumelos como ele, embora, no decorrer dos acontecimentos, microscopasse aqui e ali e também apenas episodicamente, os preparasse, nenhum micologista se tornava, como ele mesmo reconhecia de tempos em tempos, um louco por cogumelos.

Por muito tempo, é claro, ao menos pela década posterior à manhã sob a faia, o interesse e até mesmo a paixão pelo mundo dos cogumelos, em vez de limitá-lo, ampliaram seu horizonte; não o obscureceram — como me pareceu —, mas o clarearam. Tal diversão fazia bem à sua cabeça e também ao seu trabalho, embora não apenas a eles. Isso ele já vivenciara naquela época, na hora seguinte ao grande achado, depois de ter torcido as dúzias de porcinos para fora do subsolo, um após o outro, de mansinho, mansinho — cada um ali produzia um som (reconhecidamente) diferente (sim, desta vez, nitidamente um som!) —, e de tê-los empilhado uns sobre os outros: o estudo dos processos, as anotações, as combinações, a apresentação das evidências e também o questionamento das evidências e, sobretudo, a abrangência do pensamento, as conclusões e, por último, o tornar-se-conclusivo, tudo isso lhe parecia mais fácil do que de costume, chegava por momentos como que voando. Um olhar na direção da pirâmide castanho-clara para além dos bicos do seu sapato, e ele retornava às suas atividades.

O que fora feito do tesouro recém-descoberto ao fim daquele dia — se o levara para casa para servi-lo, o cortara em rodelas para secar ou dera de presente —, o louco por cogumelos não soube então me dizer. Importava: havia muito quisera entrar pela porta da casa com algo especial, já outrora na casa dos pais na aldeia, só que esse algo especial sempre faltara: toda vez ele voltava com as mãos vazias. Agora, finalmente, lá estava ele na soleira da porta com uma especialidade, mesmo que o fosse somente para ele. (Ah!, o menino também tinha olhos.) E o que importava ainda mais: o primeiro e único momento do avistar e do ser-avistado. Aquele momento ficou desenhado claramente na memória, enquanto muitos outros daquele dia, havia muito, tinham sumido.

E tinha então algo mais para contar, ele próprio surpreso com aquilo: de fato, pretendera ir ao cinema à noite para um filme que havia tempo queria ver. Mas depois de um avistar tão fantástico o interesse pelo filme desapareceu, ou era como se ele, naquele intervalo, já o tivesse visto. Apesar disso, acabara mais tarde no cinema. Porém, considerando o instante pela manhã, aquilo não tinha comparação. O tempo que ele passara no cinema lhe pareceu longo — não queria dizer que o filme o tivesse entediado —, quase tão longo como desde muito, desde a infância, talvez já desde a mais tenra, se lhe tornara o tempo da vida na Terra. Certa vez, pouco depois da faculdade, ele sonhara acordado que era um escritor, como eu, e tinha escrito um romance chamado *Minha vida*, que consistia de algumas poucas frases, de um único e breve parágrafo, cuja última linha dizia: "O tempo na Terra se lhe tornou longo." Só nos cinemas — mesmo quando um filme o entediava — que o tempo raramente se lhe tornava longo. Entretanto, desde aquela manhã o tempo, na escuridão pulsante antes tão confiável, e depois com as crescentes sensações de sua mania por cogumelos, tornara-se tão longo quanto o de toda a existência terrestre distante dos cogumelos.

Foi o que aconteceu com meu amigo, contudo, somente perto do fim de sua história, antes de seu desaparecimento, e, por agora, ainda estou, ainda estamos longe disso. Em primeiro lugar, sua paixão o curou do que chamava de "minha doença do tempo", e o curou não apenas na aparência: a sensação do tempo saudável nas mãos transferiu-se num certo período para a vida cotidiana, que, para ele, era antes tão penosa durante as horas que não queriam e não queriam passar, e por alguns momentos até mesmo completamente desoladora; essa paixão fez com que o tempo na Terra não mais lhe parecesse longo ou senão vez ou outra, aqui e ali, não se alongasse tanto. Ela não fez com que o tempo passasse mais rapidamente ou que se tornasse mais divertido — ela o fazia render, também por uma duração palpável. Com o auxílio de sua paixão, o tempo no planeta Terra, justamente por sua peculiaridade, tornou-se precioso para ele, seu tempo de vida lhe parecia transformado em matéria. Fosse ao cinema para encurtar o dia — ah, que chegasse logo a noite! —, o dia não durava o suficiente em seu espreitar e remexer na floresta. Nas florestas ele ganhava sua medida. Lá, como pela primeira vez na vida, ficava tranquilo, como se até então não tivesse batido muito bem. E toda vez, no limiar da floresta, era acometido por uma desmesura, como antes de um grande feito; como antes de um grande dia. E então o descobrir, o avistar: tão diferentemente de qualquer filme, aquilo silenciava o infindável falatório interior, silenciava os refrões sem alma, silenciava as melodias atormentadamente erradas, silenciava, e silenciava, e silenciava, e produzia um silencioso silêncio.

O tempo se lhe tornou particularmente material agora, quando começou a estudar novamente. Durante a infância e juventude ele sempre gostou de estudar, depois, com o desejo incipiente, cada vez menos. Num ponto determinado ou, na verdade, indeterminado, quase não almejava saber mais do que já sabia. E agora ele aprendia, sem querer propriamente, o conhecimento lhe vinha sem nenhum propósito, com toda a facilidade.

Que conhecimento era esse? Primeiro, o conhecimento sobre cogumelos, a procura, os locais, a diferenciação, a confusão, o surgimento da mania e, por mim, muito embora, no caso dele, ainda que um tanto supérflua, a preparação. — O que havia então de grande para se conhecer com a busca por cogumelos ou com incursões pelo lado deles? O que havia para experimentar? O que se ganharia (o dinheiro não está em questão)? — Esperem! Não vai faltar a história pertinente. E além disso, com o novo estudar, ele tinha em mente, antes de tudo, algo que ia de par a par com o especial sobre cogumelos.

Embora criado no campo, ele sabia pouco da natureza, e esse pouco, e nisso ele não representava nenhuma exceção entre as pessoas do campo, era no todo e no conjunto meramente o que era útil ou temeroso. E agora, por assim dizer como um fenômeno concomitante à sua posterior paixão pelos cogumelos, crescia nele, de procura em procura, de "expedição" em expedição — como ele visivelmente a vivenciava —, mais e mais o conhecimento sobre as árvores da floresta, sobretudo suas raízes, as estratificações da terra, sobre as quais ele se movimentava, cal? marga? granito? lousa, os tipos de vento — haja vista o barman no centro da cidade — e as formações das nuvens, as esferas planetárias e as fases da Lua. No período, já próximo ao fim, de sua pronunciada "febre de conhecimento", ele participou, por exemplo, de um congresso de pesquisadores de cogumelos em que ele, o célebre advogado, era o convidado de honra e falou contra a preponderante opinião de que a luz da lua cheia sequestrava os cogumelos do reino da Terra, defendendo, ao contrário, a lua nova: nas noites sem a luz da Lua, apenas com o brilho das estrelas no claro céu noturno, os cogumelos, sobretudo os porcinos, impeliam-se do subsolo cerimoniosamente, justificando aquela história "vivenciada por ele próprio".

Algo nele o qualificava, aliás, para descobrir ou avistar quase todas as aparições fora da série, batizado por um de seus professores de o "olhar doente": na uniformidade geral, tornada assim talvez pelo hábito diário, desde cedo ele tivera um olhar para a forma contraditória, diferente, estranha, e também o atacava subitamente a outra cor, a acentuada, a excêntrica, o matiz deslocado, a geometria oposta, o claramente emplumado em meio à confusão uniforme, o nitidamente malhado, a estampa na ausência de estampas.

Ele contava também com a objeção de que seu novo conhecimento adquirido, à diferença dos outros anteriores, de nada servia. Além disso, para ele estava claro que, com tal aprendizado, involuntário, feito dádiva, ele corria o risco de desaprender o necessário para o sucesso na profissão. Porém, com o tempo, aliás cada vez mais sólido por conta de suas procuras, percebeu que nada perdera do conhecimento necessário para o trabalho no tribunal — e que, em vez disso, como que arejado pelo conhecimento da natureza, ele o tinha mais nítido e acima de tudo mais estruturado que nunca. Ainda assim desaprendeu uma coisa ou outra, mas nada além do acessório, e isso também contribuiu para a ventilação de cada um dos problemas jurídicos. E mesmo que seu retorno aos estudos, que todo o universo dos cogumelos e o que este trazia consigo de nada servissem: naqueles anos, naquela década, com o tempo não apenas no verão e no outono, mas também no inverno e na primavera, ele se sentia enriquecido, mesmo se, diferentemente do tempo do posto de coleta, não pudesse (e também não quisesse) comprar nada com isso.

Ele se sentia, pensando bem, menos enriquecido com os achados do que com os fenômenos concomitantes; enriquecido, por exemplo, por saber diferenciar, nos verões, o rumorejar dos carvalhos, alguns instantes quase um ribombar, o das faias, antes um zunir, e o das bétulas, que, num vento forte, mais sussurravam que rumorejavam. Era uma experiência aprender os diferentes modos como caíam no outono as folhas de todas as diversas árvores: como as folhas dentadas do bordo começavam com um voo picado e então, planando, aterrissavam de mansinho no chão; como as folhas das castanheiras, as maiores e ao mesmo tempo as mais finas, em forma de barco, precisavam de mais tempo para a queda — embora voassem livres por muito tempo, não queriam e não queriam cair, sempre assim, mesmo pouco antes de tocarem o chão, recebiam um novo impulso e mais uma vez saltitavam e balançavam nos ares; como a folhagem da acácia, em forma de leque, se soltava da ramagem, os leques todos quase de uma vez só, e despencava como um todo quase, seguida pelos últimos leques solitários que, em vez de cair em conjunto, velejavam cada um por si, para cá e para lá; como — mas vão e vejam vocês mesmos!

Para ele parecia um ganho, no inverno, num ramo desnudo, ver uma pele de cobra tremer e, pouco antes da primavera, um raio de sol ainda bastante oblíquo bater numa lagartixa acuada no nicho de uma escarpa de marga amarelo-avermelhada. Nos voos dos pássaros tais e tais, em vez de algum futuro, que, naqueles alegres anos de caça de cogumelos, quase nunca lhe "anuviaram a testa", ele nada lia senão o presente, o tempo atual e material, o agora e agora, comparava os diferentes tipos, períodos e alturas dos voos, e sabia, a partir de alguns ruídos, de que tipo de pássaro vinham. Em suas expedições tipo Querwaldein[2] ele topou com não poucas ruínas de bunkers, também com contornos de crateras de bombas completamente escondidos, repletos de chamiços e folhagens de meio século de idade, lá dentro tigelas de lata e capacetes de aço, noutra parte com incrustações de groselhas de um passado ainda mais remoto — mas, mesmo na subida e na descida às crateras, na coleta das bagas silvestres, encolhidas, antigas, ele nada queria saber ou suspeitar de tais passados, senão aprender com o agora e agora.

Nesse tempo ele estava — ou pensava estar — ainda muito distante do futuro louco por cogumelos. Com sua paixão, que, aos seus olhos, ao contrário de não poucas paixões, era sensata e enriquecedora, ele enriquecia também as outras, e não apenas as suas, também as fortuitas, as que apareciam sem aviso prévio. De todo modo, em vez de afastá-lo dos seus contemporâneos, o que desde sempre

---

2. Querwaldein (http://www.querwaldein.de) é uma associação alemã que promove projetos de integração entre o homem e a natureza, como passeios diurnos e noturnos por florestas. O termo *Querwaldein* pode ser traduzido como "transversalmente floresta adentro". [N.T.]

procurara, haja vista o isolamento nas orlas, sua paixão o aproximou deles. Como deixaria as florestas com seus achados senão como provas de amor?

O espaço intermediário onde ele, como dizia então, "acampava" e preparava suas falas no tribunal tornou-se ao mesmo tempo, ou como dizia também, "simultaneamente" seu ponto de espreita dos contemporâneos. Aquele não era de maneira alguma dos locais mais altos, como os conhecíamos das orlas das florestas da infância, que se estendiam geralmente até as copas dos abetos para os caçadores e eventualmente para os casais de namorados. E apesar disso, acampado na terra plana do espaço intermediário, como seu domínio mais íntimo, se não império, era como se estivesse por cima das pessoas que povoavam a floresta durante suas horas de trabalho.

Essa impressão se dava pelo fato de que ele as via sem que o vissem. Do lado delas, a cerca ou o muro de matagal espinhoso parecia opaco, empilhado como paliçada separando seu intervalo do mundo exterior, embora o caminho conduzisse até perto dele, enquanto ficava lá dentro, com seu posto a alguma distância do limite, de modo que pudesse ver as pessoas que entravam tanto pela esquerda quanto pela direita, não em suas particularidades e traços específicos, mas nos seus contornos, que, assim, eram ainda mais significativos — característicos.

Esse caminho, como o "pré-nascimento", onde ele, antes do nascimento de seu filho, encontrou o primeiro e verdadeiro cogumelo porcino, foi batizado por ele de "caminho da migração dos povos". Para ele, tornara-se regra que ele, o advogado, se levantava em seu espaço e se encaminhava para as árvores lá atrás por pouco ou muito tempo — cada vez por mais e mais tempo — e se punha à procura vocês já sabem do quê. E sempre encontrava algo, embora jamais houvesse certeza. Sempre? Sim, sempre. E cada achado trazia uma surpresa, um inimaginável ser-coisa, um novo lugar, tonalidade, acento, cheiro. E quase sempre ele farejava já de antemão um novo local — um faro que significava: todos os sentidos despertaram. E quando algumas vezes se enganava, ele fantasiava e ao mesmo tempo contemplava no local do engano ainda mais desperto a falha, a ausência, a falta. Seu tédio vitalício tornou-se assim um vivo demorar-se. "Eu me entedio? Eu? Nada disso!"

De volta ao seu ponto no espaço intermediário, não apenas o prosseguimento de suas atividades lhe vinha automaticamente. Ele participava ainda das figuras que se moviam além da paliçada de chamiços, como até ali jamais em sua vida acontecera. Sim, as pessoas lá atrás, elas aconteciam para ele, e ele admitia que toda a sua episódica sociabilidade, que suas aparições em sociedade, embora sempre tão eficazes, nada eram em comparação com a crônica timidez que, desde o início, o afastava dos outros e o isolava.

Na época, porém, encorajado pelo trabalho no seu espaço intermediário, tornado além disso permeável por sua sorte com os achados, ele, por algum tempo, não apenas tomou parte — tornou-se parte. Várias vezes acontecia com ele, não, sucedia a ele de transformar-se neste ou naquele lá fora no caminho, assim como outrora se transformara às orlas da floresta no sibilar, no zunir, no bramar da ramagem, se transformara como um todo, com pele, cabelo e principalmente ossos, no pesar-se, no sobrepor-se, no estender-se, no reencontrar-se das copas das árvores.

Até agora a timidez jamais o deixara. Assim como muito tempo atrás, quando criança, ao despertar, ele vira a mãe sentada à máquina de costura ou sei lá onde numa distância tão inalcançável, estremecido tanto pelo grito mudo quanto pela tal incurável dualidade e desunião, assim também diante de sua esposa, até olho no olho, boca a boca, o espaço entre ele e ela parecera intransponível, insuperável para o mais alto grito — ao passo que, na realidade possivelmente válida, se preenchia cada pedaço do espaço entre os dois —, e a timidez, só secretamente, mas de maneira ainda mais tangível, talvez houvesse aumentado diante do seu descendente: por mais constrangido que se sentisse, nunca viria a se tornar um único com o outro tão necessitado disso ali, lá, desaparecendo por fim o outro no tornar-se-parte, que teria um significado misericordioso.

Mas não: o que ele sentia agora, no tornar-se-permeável e na passagem para as formas de súbito não mais completamente estranhas atrás da cortina de chamiços, nada tinha que ver com amor, era, não como diante dos seus, algo distante, infinitamente distante da misericórdia. O que ele sentia era uma pura compreensão e depois um tornar-se-justo mais amplo do que o exercido até ali apenas por profissão, e, em pouquíssimos casos, um tornar-se--consciente — abrupto, menos assustador que apaziguador — de cada um dos outros, sobretudo de sua história, origem, de como chegaram ali vindos de longe, de tão longe e vai saber aonde iriam — daí, desembuchou meu amigo muito mais tarde, o "caminho da migração dos povos". Aquele que tropeçou atrás da cerca e xingou numa língua incompreensível, que fugiu há anos de uma guerra civil, e aquele que, estacado diante da bétula, presta homenagem a um parente há muito falecido, antes de seguir caminho e bocejar alto como só se boceja após um susto, e que agora passa primeiro uma perna e com a outra se esquiva despreocupadamente, e que há muito sonha em virar santo, em cuja presença todos os passantes, na sua região ao menos, respeitosamente se curvam.

Por vezes, nessa migração dos povos, que se transformava então em timidez ou confusão, a cabeça lhe pesava, pesava bastante com todos aqueles que nele continuavam migrando. Sempre que, depois do dever cumprido — tanto o esboço da defesa de um cliente quanto a partida para a caça, que dava o tom da defesa, lhe pareciam um dever —, ele deixava seu intervalo e caminhava na direção de casa pelo caminho da migração dos povos, geralmente com um terno escuro e uma gravata de seda clara, numa das mãos a pasta com os documentos, na outra, inicialmente embrulhados num jornal, depois cada vez mais à mostra, seus dois, três achados tão parcos quanto salientes, ele se via parte ou membro da multidão no palco do mundo como nenhuma outra vez nas décadas anteriores, um dos atores, entre os quais cada um representava um papel inteiramente diverso do outro, um papel que, no entanto, justamente em sua diferença, pertencia ao grande espetáculo e o expandia para além e mais além.

Lá, agachando ou caminhando no círculo, as crianças da escola concluíam seu dia na floresta. Lá o grupo de caminhada, também alguns jovens entre os muitos idosos, parado discutindo numa encruzilhada e nitidamente discordando sobre qual caminho tomar. Lá, agora, aquele exercitando na barra e atrás dele o próximo, esperando que o aparelho fosse liberado. Lá, agora, o casal a cavalo passando juntos do trote ao galope. Agora ainda uns últimos corredores silenciosos e isolados, os quais havia pouco, durante a hora do almoço, praticamente ressoaram a floresta. Lá a garota equipada para caminhar o dia inteiro, a floresta aqui sendo não mais que um trecho para ela. Lá a família asiática, um autêntico clã da bisavó até os bisnetos — não o lembrava aquilo um outro clã? —, descobrindo castanhas. E lá a patrulha da polícia. E lá, onde o caminho se alargava, os aposentados jogando bocha.

E ele em equilíbrio com todos eles, caçador de tesouros e ao mesmo tempo pessoa comum, semelhante, e tal equilíbrio era de fato, tesouro vai, tesouro vem, uma preciosidade. Por um tempo infindável o planeta Terra apenas meio que brincara com ele: agora — aqui ele jogava com ele para valer, e ele? Jogava junto. Jogava junto nesta sociedade. A sociedade dos diferentes, dos inteiramente diferentes — justo deles —, ela existia! E além disso seus afastamentos e estranhamentos eram acompanhados pela sensação, ao mesmo tempo uma certeza, de que com tal atitude ele fazia bem e somente bem às suas pessoas de confiança, os seus, aos quais pertenciam também "seus" réus.

E ele, aquele, com os cogumelos na mão? Durante algum tempo ainda se sentiu como alguém que não fazia parte, em contradição com o cenário. Seus semelhantes, figuras como ele, não iam nem pelos caminhos nem pelas trilhas, mas pelos meandros tortuosos entre árvores e arbustos, a torto e a direito, passo a passo, com notável lentidão, ou simplesmente estancavam ou agachavam, parcialmente cobertos de troncos e folhagens que surgiam de súbito e desapareciam talvez logo depois, eles não podiam, para dizer suavemente, tomar parte no jogo, ainda mais com os objetos desconhecidos e tão esquisitos que traziam diante de si ou que se intumesciam de modo suspeito em suas sacolas. No melhor, quer dizer, no mais inofensivo caso, aqueles como ele eram figuras marginais, sem qualquer relação com o grande jogo, sim, até perturbavam o jogo perdendo-se lá e ali daquela maneira.

Então chegou o momento em que ele, guinando e espiralando, ainda mais num ritmo tão contrário ao de todos os outros, ainda mais sozinho em meio à paisagem — os corredores vinham em quantidade e mesmo um deles parecia muitos —, se viu como um dos participantes. Ele pertencia ao jogo. Ele o completava, o dificultava. Sem sua permanência, suas travessias, tangentes, seus tropeços para fora da cena no papel do coletor de cogumelos, faltaria algo no palco do mundo, ao menos no verão e no outono. Alguém como ele ali garantia um outro vento. E nesse vento cada um lhe parecia estar em seu lugar e tinha seu modo, ele inclusive, e aquilo compunha como nunca uma imagem da sociedade, humana, ideal.

Plenamente ciente, ele deixou a floresta e seguiu pelas ruas povoadas da cidade grande e se livrou de uma vez por todas da timidez e do medo, antes sentidos como inveterados e, desde a aldeia, como servilismo. Eu, uma figura marginal, talvez até mesmo um ilegal? Vejam lá! E com isso também se referia ao que trazia consigo ou à frente de si. E não poucos entraram assim em seu jogo; obedeciam--no, mantinham-se de pé, narravam como também eles, uma vez... lá, de onde vinham... apenas para lembrar com mais pompa daqueles daquela época... — e por último no fim do dia o retorno do coletor, muito diferente do retorno dos caçadores.

Naquele período feliz, que ele vivenciava ao mesmo tempo como esfera — como uma fase esférica —, meu amigo, o louco por cogumelos, não encontrou quase nenhum concorrente. Os encontros com outros caçadores eram raros e, quando ocorriam, seus locais e regiões de caça eram outros, ou caçavam em horários diferentes dos dele. Acontecia às vezes de cruzar com um que, como ele, traçava suas lentas espirais transversais pelas florestas, cabisbaixo, passo a passo, parando aqui e ali, mais vagarosamente impossível. Mas, não como antes, os dois não se evitavam e até mesmo mostravam, quando era o caso, seus tesouros, seu tesouro, e então um invejava o outro, o que, conforme uma das religiões do Oriente Médio, é "permitido", pois que em tal inveja a pessoa desejava o mesmo ou algo semelhante para si, sem, contudo, como na inveja nua e não permitida, invejar a outra no sentido de querer tomar alguma coisa dela. E mesmo muito tempo depois ele sempre repetia o que lhe dissera uma coletora cujos achados, como ficou provado pela mútua inspeção, eram quase completamente iguais, iguais de fato aos dele em número, tamanho e beleza: "É o suficiente para todos nós, não?!" Sim, então era assim, ah!, até o tipo de inveja permitido por Deus ou pelos deuses não cabia mais ali. Aquela caçadora era uma velha senhora de boina que, na chuva, cutucava a folhagem com uma bengala espessa. O único cogumelo diferente entre aqueles de seu cesto era um do qual se dizia que se tornara fortemente radiativo na catástrofe do reator atômico de vocês já sabem onde e que permanecera daquele jeito também ao longo das décadas, e, quando ele achou que devia chamar a atenção dela para tanto, ela respondeu que estava a par, mas que, com seus quase noventa anos, não queria mais se preocupar com isso.

A paixão ampliava e aprofundava seus conhecimentos, estação após estação, mesmo dia após dia, e lhe parecia que boa parte daqueles conhecimentos podia ser transportada de seu limitado campo para outros. Mesmo diante de bagatelas ele sentia a progressiva empolgação de um descobridor, e teve a ideia de escrever um livro sobre cogumelos durante as férias forenses, um livro como jamais existira. Assim, ele não seria só o descobridor, mas, além disso, um pioneiro; e além do mais, ou adicionalmente, meu amigo imaginava que tal livro, incendiado por sua empolgação e por sua prática jurídica, com uma estrutura visando à generalidade, seria também empolgante de ler e ainda universal. Ele esperava do livro o sucesso de sua vida. Abastado, como foi dito, ele já era, mas, com seu livro sobre cogumelos, ao mesmo tempo completamente especial e universal, ele ficaria rico, e sabem com que sonhava? Comprar uma floresta, uma grande!

O livro nunca foi escrito. No entanto, com o passar do tempo, ele me contou algumas coisas que devia conter. Estou tentando narrá-las adiante aqui agora, não exatamente empolgado, por outro lado também em nenhum momento "não empolgado" — estranho elogio contemporâneo para alguém que narra o que deveria apenas fazer, quando o que tem a narrar é urgente e o ocupa por inteiro; também o narro de maneira desestruturada, pois, diferentemente do meu amigo de infância na aldeia, apesar de ter estudado a mesma coisa jamais me tornei um jurista propriamente dito.

Assim como seu livro sobre cogumelos não escrito me puxa pela memória de modo fortuito: seu talento ou dom para o descobrimento de cogumelos não vistos por mais ninguém era administrado pelo meu amigo com aquela peculiaridade já mencionada, a que mais fortemente lhe dificultava a vida, e com a qual sofreu até que a paixão se tornasse aguda. E com isso ele queria dizer seu constante afastamento, entrava dia saía dia, da única coisa, não, da única forma que, entre os milhares de milhares de formas que se destacavam em seu campo de visão, literalmente cravava seu olho dia após dia, hora após hora como a tal, a única totalmente diversa. Possuir um sentido assim para a forma totalmente diversa, diametralmente oposta a todas as outras formas não resultava de sua natureza, e isso era um sofrimento. Tal afastamento rumo à forma estranha dera sempre num paralisar-se, em não-saber-nem--poder-mais, tanto no trabalho quanto na própria vida. Num instante ele foi acometido por um entorpecimento, como se atingido pela força de um inseto esmagado, por uma ainda minúscula mancha de café ou gordura, um cabelo nem tão fino quanto um fio de cabelo numa página do Código Internacional de Direito Penal ou na clavícula incomumente corcovada, no umbigo tudo menos redondo, pela mancha leitosa no olho da mulher com a qual acabara de entrar num acordo ou se achava em vias de fazê-lo. O que na vida e no trabalho o atingia por vezes quase como uma cadeia de desastres — afastado, contra sua vontade, do todo até a errância (antes não forma do que forma), entorpecido, desviado de seu caminho como para um retorno impossível, por fim a consciência da inépcia e a eterna culpa —, isso, segundo ele, trazia não apenas vantagens para a visão, descoberta e rastreamento dos cogumelos, mesmo daqueles tão escondidos e assombrados pelas moitas, mas quase também a salvação, como, no início apenas para si próprio, ele procurava pregar com uma paixão crescente. O aparecimento ou surgimento daquela forma conspícua entre as incontáveis formas não conspícuas (para variar — e matizar o já mencionado), ao menos, nem o desviava do seu caminho pelas folhagens das florestas, nem o entorpecia: ela o extasiava, e isso queria dizer, ela o fazia tomar uma atitude em vez de afastá-lo. Não, no caso do mundo dos cogumelos, conforme o tema do sermão com o qual meu amigo posteriormente desaparecido — cuja proximidade, também física, creio perceber e cheirar por aqui há alguns dias — tencionava fundamentar seu livro sobre cogumelos, o presumido ou mesmo o verdadeiro artifício do olhar era legítimo. Era a primeira condição para a caça e o encontro, e não apenas no que dizia respeito aos cogumelos, mas à caça e ao encontro de modo geral; sem tal artifício não havia olho descobridor no qual, com o qual e através do qual a não forma se transformava em forma e a forma, em tesouro.

Além disso meu amigo teria dito ainda que aquela forma característica e que dizia algo entre todas as outras que não diziam patavina das folhas bagunçadas no chão, das folhas de samambaia entrelaçadas umas às outras, dos milhares de lancetas de grama e novelos de musgo, renovaria de maneira duradoura também seu pouco desenvolvido senso de cor, quando aquela forma, mesmo tão pequena ainda, como diz um antigo poema sobre a rosa, por vezes o "iluminava", hoje vermelha como o vinho, amanhã azul como ametista, depois de amanhã cinza como rato ou como tigre e assim por diante.

Seu livro sobre cogumelos não devia ser um guia, ou senão um que servisse sobretudo como método pessoal. Mas cada vez mais, nas anotações que recebi, se voltava também para os outros, primeiro secreta, depois abertamente. No início era como que uma pré-narrativa, apenas para deixar as coisas claras, em seguida ele se perdia em teorizações e, por momentos, quase na agitação.

Ele narrava especialmente como se habituara, com o tempo, antes do início propriamente sério de sua busca por cogumelos, a trilhar um caminho considerável, mesmo em florestas duvidosas, um trecho que levava a regiões nas quais ele podia ter certeza de que não encontraria nada do que tinha em vista, ou que nada houvesse senão árvores e arbustos. Enquanto caminhava e olhava constantemente para o chão, onde sabia haver somente areia e barro entre a folhagem, afiava seu olhar para as aparições esperadas, sem que fizesse mais nada, só caminhava e olhava, onde nada havia de especial para ver; quando chegava, mais tarde, aos locais promissores, seus olhos estavam prontos.

Ajudava o fato de que, naquele local, o meu louco por cogumelos adotava um tipo de movimento que chamava de "passo de caça" e, como que me olhando de soslaio, de "passo épico", um movimentar-se que parecia um não--se-mover e que, no entanto, avançando através dos arvoredos e arbustos, jamais chegava a um completo estacar, mas se desenvolvia de maneira uniforme e sem descanso; e quando era o caso de finalmente parar, o passo de caça cumpriria seu sentido; em vez de permanecer parado, em silêncio, seu movimento de caça rendia como poucas outras coisas.

Ele também falava sobre a variante do passo de caça na qual andava para trás, um pé após o outro, refletidamente. (Não era isso uma espécie de progresso: do antigo andar-para-trás em perplexidade passando pelo andar-para-trás por prazer e então para o andar-para-trás como caçador de tesouros?) Ou exortava a si mesmo, sempre que progredia a torto e a direito, apenas cabisbaixo, parava de tempos em tempos e olhava sem propósito do solo para as copas das árvores e para o céu, a cabeça entre os ombros, e por um minuto pelo menos: como surgia depois, com os olhos novamente no chão, a terra!, desenhada até os mínimos detalhes e na forma menos aparente em virtude da luz do céu, os contornos antes desordenados agora quase eletrificados pelo reflexo! E ele, mais de uma vez, após tal imediato olhar ascendente, tomou consciência do que tinha em vista havia horas, talvez até dias e semanas; ou descobriu algo inteiramente diverso, algo que não estava procurando, que jamais vira na natureza nem representado de maneira alguma, algo novo para ele; ou depois de olhar assim para o alto não descobriu no chão da floresta nem o procurado cogumelo, nem um outro tipo, nem um desconhecido terceiro, não descobriu absolutamente nada de novo, mas percebeu apenas, conforme a esfera acima de sua cabeça, a esfera diante dos bicos dos seus sapatos ou botas: sim, isso para ele também se chamava esfera!

Dessas autoexortações meu amigo passava para ordens dirigidas a si mesmo em suas anotações do planejado livro sobre cogumelos. Assim por exemplo ordenava, sempre que por um bom lapso de tempo, passo de caça para frente ou para trás, olhar para o céu para frente ou para trás, nada, não avistasse realmente nada desejado — chegou a escrever numa passagem "cobiçado"! —, em vez disso algo diferente, e não apenas cogumelos outros, sem valor para ele, mas bagas, também secas, ou castanhas, também apodrecidas, emboloradas, carbonizadas, que dissesse a si próprio: "Recolha! Gire para o lado! Curve-se! Remexa! Vire! Escave!" Tais autocomandos, como também em relação à coleta de outras coisas insignificantes, quando o caçador se aproximava muito mais do chão e isso o punha de volta no rastro da caça, deviam ao mesmo tempo orientar também os futuros leitores de seu livro.

Durante algum tempo ele disfarçou tudo isso com cuidadosas recomendações. Assim ele aconselhava — "por longa experiência" (embora a coisa não tivesse ocorrido havia muito) — não caçar nem perto dos caminhos e sendas nem muito distante deles: os grandes espaços intermediários entre a margem do caminho e o interior da floresta de difícil acesso não eram, de modo geral, um solo fértil para "os nossos" — com isso queria dizer os cogumelos valiosos, que inicialmente ainda chamava "os meus"; a maioria, sim, quase todos os seus "tesouros" ele havia encontrado todas as vezes próximo à beira do caminho; longe das beiras, de modo geral, já havia muito, muito tempo, nada; e no interior mais profundo, que ainda precisava ser descoberto, lá na brenha, na sujeira, nas cinzas, ao pé mais sombrio de uma semimorta migalha de árvore, o chão coberto de balas de revólver, ainda uma regra, o achado precioso, o único, o predominante: "Olá, meu rei!" Certa vez ele soltou até mesmo um "Salve, Imperador! Ave César!"

Com intuito semelhante ele contava que, como transformara em regra para si, caçava também nos locais onde outros haviam caçado, mesmo que eles, após um trabalho eficiente, tivessem acabado de revirar a terra e deixar o local e o terreno, justamente por isso — e cada vez ele se achava, "de verdade", diante de algo que seus predecessores não haviam notado e que era "digno de toda honra".

Recomendava igualmente, com relação a determinadas espécies, que não se caçasse exatamente nos lugares em que no ano anterior um ponto particularmente rico em achados fosse revolvido: também era uma regra o fato de essas povoações se mudarem para debaixo da terra ao longo do ano, do inverno e da primavera, em direção à água, driblando os ventos e, muitas vezes, para a admiração de todos, rebrotando frescas e distantes sob a luz e no ar; sim, longe, mas nem tanto, de seu local de origem — o caçador, como lhe acontecia entrava ano saía ano, tinha apenas de apurar o faro. Assim, ele também desaconselhava a caça em locais por onde cães passaram e recomendava, ao contrário, o rastro dos cavalos, com o esterco. E de maneira ainda mais penetrante, o louco por cogumelos recomendava lugares na floresta nos quais crianças tinham brincado ou brincavam agora, diante dos olhos do caçador, gritando e correndo para lá e para cá. Os locais de achados promissores e confiáveis eram, segundo suas anotações, "inacreditáveis, mas verdadeiros!", aqueles próximos aos balanços das crianças, também fora da floresta, em parques, em prados, em jardins.

Um capítulo inteiro no empreendimento do livro sobre cogumelos devia ser dedicado às florestas com crateras de bombas. Tais florestas existiam aos montes nas redondezas de sua moradia, próximo ao Tribunal Internacional; as crateras datavam do fim da Segunda Guerra, e foram as bombas americanas que ajudaram a expulsar as tropas alemãs daquele terreno. As crateras encontravam-se vazias havia tempo, nem sinal mais das bombas explodidas, as florestas, todas vizinhas do aeroporto militar usado então pelas tropas, quase ritmadas pelas crateras, tão coladas umas nas outras que por vezes até se sobrepunham. Essas crateras eram de tamanhos diferentes, nem sempre redondas, e sobretudo tinham profundidades diferentes e variavam de acordo com o declive nas paredes da cavidade, geralmente também dentro de uma única cratera. Lá embaixo, no chão da cratera, muito abaixo dos sedimentos das folhagens, ele topou com os mais ricos locais de achados, e não precisou remexer e revirar as camadas expressamente: o cogumelo, os cogumelos apareceram sozinhos, ao menos com os chapéus que, crescidos nas crateras, eram maiores do que costumavam ser, com um formato também parecido com o da cratera, com a particularidade de que, em vez de castanho-avermelhado-amarelados, como a maioria, pareciam quase incolores, esbranquiçados ou branco-puros como só os mais letais dos cogumelos venenosos, ou "não, não brancos, mas descorados", e sob os chapéus a haste igualmente descorada, apenas que, escavada do subterrâneo, parecia longa e cada vez mais longa, mais que o dobro do comprimento de suas colegas fora das crateras ("o cheiro e o gosto, contudo, igualmente deliciosos").

Mas não era só por isso que o louco por cogumelos queria contar um capítulo inteiro sobre as florestas com crateras de bombas: ele tinha também a ideia paralela de recomendar a seus futuros leitores, de maneira simples e despretensiosa, um passeio em tais florestas — de contagiá-los com seu prazer em se deslocar por lá, para cima e para baixo, para cima e para baixo na paisagem de crateras de bombas estofada com folhagens macias e profundas. Sempre que as atravessava, muitas vezes por horas e horas, mesmo sem nenhum achado especial, era como se saísse recompensado de tal floresta, e quando a respiração se tornava mais livre era como se tivesse despertado o sentido para os horizontes. "Com o passeio para cima e para baixo nas crateras de bombas?" — "Sim, justamente."

Seu livro devia transferir, conforme se aproximasse do fim, cada vez mais a importância da caça a cogumelos para o passeio. Ele, além disso, queria contar, por assim dizer no desenlace, sobre seu ir-aos-cogumelos, mas também sobre como, com os anos, sua paixão se tornou — não mais fraca, mas de "via dupla". Pois cada vez mais acontecia que, se podia escolher entre diversos caminhos para ir aos cogumelos, ele se decidia pelo que lhe parecia mais belo ou aventuroso, mesmo que prometesse menos ou poucos achados. O caminho e o passeio haviam ganhado com o tempo no mínimo tanta importância quanto a caça e o encontro. Em nossa região da infância, sobretudo os moradores das aldeias mais altas nas montanhas jamais tinham "ido aos cogumelos", menos ainda à caça deles: moravam tão próximo às florestas e o verão ali era tão comum que, ao menos dos amarelos, dos cogumelos de São João, mal saíam porta afora, já tinham o cesto ou a tigela cheios; em vez de "caçar", esse pessoal usava a palavra "catar", "entre nós não se caça — simplesmente se cata!".

Isso, porém, aos olhos do louco por cogumelos, não valia. Devia haver a caça. Devia haver o passeio. Tratava-se, e isso vinha em terceiro lugar, de escolher um caminho belo, mais belo, o mais belo. Igualmente: pôr-se à caça com outros, em grupo, também não valia. Só valia "ir sozinho"

— até a caça a dois era inválida —, única exceção: com uma criança. Particularmente mal visto no seu planejado guia: pôr-se à caça com o auxílio de um cão (nisso, aos seus olhos, só os porcos encontravam misericórdia). — Como topar então com o mais cobiçado dos cogumelos, a trufa, nas profundezas da terra? Ou ser topado por eles? Como farejá-los? Ainda esboçou a história de como ele próprio, sozinho, durante um verão, de súbito, ao pé do balanço, deparou com uma verdadeira trufa: uma corcova preta, para fora da terra, no sol a pino do meio-dia, estranhamente essa merda canina, mas que lança seu cheiro quase dois metros acima, cheira a trufa, mas porque é uma trufa!, desenterrou a corcova com as próprias mãos, agora, lá, a esfera, como recebeu a luz, ah, o toró de ontem à noite lavou a terra, trouxe à superfície, sem cão nem porco, a trufa, como é pesada na mão, como cheira e cheira a esfera preta enrugada, até a noite de amor seguinte e para além dela, mas não era um carvalho, de cujas raízes fora lavado o tubérculo, nem uma árvore majestosa e comum nos livros sobre cogumelos, nada além de uma franzina robínia, pouco maior que um arbusto, uma das arvorezinhas como as que beiram as ferrovias, e nenhum sinal da floresta nem das florestas, a trufa surgiu entre dois subúrbios escalvados, à margem, não, no meio de um parquinho.

Meu amigo então ia radiante, depois de toda intensa chuva noturna, à conhecida robínia do parquinho: mas nenhuma outra trufa, nunca mais (e ficou na única noite de amor, sobre a qual seu livro devia evidentemente silenciar). Por outro lado: a caça a trufas não valia nada, aos seus olhos, no ir-aos-cogumelos. Sobretudo as últimas anotações para seu projeto são menos marcadas por uma narrativa do que por estabelecer regras, tão rígidas que parecem significar mais que meras regras de jogo, e o que tinha talvez em mente leva a um catálogo de leis, instruções, proclamações, ideias.

Assim um dia, novamente numa floresta, quando não pela primeira vez viu crianças correndo entre as árvores para lá e para cá, de alto a baixo durante uma gincana, ele teve "a ideia" de que melhor seria se os professores ou educadores dessas jovens criaturas as enviassem "aos cogumelos". Onde estavam agora, na caça agitada por um pedaço de papel escondido pelos adultos num tronco de árvore, num arbusto, na entrada de uma toca de raposa abandonada, cegas para todo o resto e não apenas para os cogumelos, elas se dividiam sem intenção, se pisoteavam, se esmagavam e, por toda a floresta, com a cabeça vermelha, não mais de criança, e a língua para fora, berravam umas às outras, não mais com voz de criança, gritavam, ofegantes, com olhos fixos saltados, então aprenderiam a caminhar passo a passo na caça aos cogumelos, atentas — não apenas para o que tinham em vista —, sempre arrebatadas — e não ofegantes —, seus olhos cresceriam em vez de saltar, sua gritaria ocasional seria uma como quaisquer outras, mesmo na mudança da voz.

Com seu próprio filho, que o louco por cogumelos desde o início levava consigo em suas expedições, ele vivenciara o efeito naturalmente "educativo" de tais saídas, sem nenhum educador especial por trás, e, educação para lá educação para cá, correspondia ao menino, além disso, "e não apenas ao meu", uma saída em que "meu descendente" ainda por cima tinha um olho melhor para as coisas rasteiras, "e não somente porque estavam mais próximo dele". Com efeito: sua ideia valia e devia valer. "Isso daria" — conforme as anotações para seu livro sobre cogumelos — "finalmente outra vez, após a bancarrota das últimas ideias de sociedade em nosso querido século, a noção, ou, por mim, o mero pressentimento, por que, de fato, 'mero'?, de que a sociedade ou alguma sociedade ainda tem futuro. Terá alguma vez. Terá novamente."

De acordo com as últimas notas, parecia, de modo geral, como se o livro de meu amigo devesse resultar em não apenas ver todos os caçadores de cogumelos como modelo de uma nova possível sociedade, mas, além disso, pintá-los todos, paradoxo ou não, cada um deles, como os últimos aventureiros da humanidade, quando não até mesmo os últimos seres humanos. O caçador de cogumelos avulso: como aventureiro, ao mesmo tempo um último e um primeiro ser humano.

Os cogumelos como "a última aventura"? Para o louco por cogumelos era o óbvio ululante, pois usava a palavra como sequência da *"Last Frontier"*, da "Última Fronteira" para o deserto, a fronteira além da qual ainda podia se descobrir ao menos um quinhão de deserto. Essa fronteira não existia mais havia muito, nem no Alasca nem em outro lugar, tampouco no Himalaia. Em contrapartida, a última aventura existia ainda, quem sabe por quanto tempo mais, mesmo que só se chegasse a conceber dela o quinhão de um quinhão.

Os cogumelos como *"Last wilderness"*, a "Última selva"? Conforme meu louco por cogumelos novamente "óbvio ululante": porquanto eram agora as únicas plantas na

Terra que não e não se deixavam cultivar, civilizar, muito menos ainda domesticar; que cresciam sozinhas e selvagens, não influenciáveis por quaisquer intervenções humanas.

Os champignons, os cogumelos-ostra, os agáricos, todos os *takes* japoneses e assim por diante, eles podiam, de fato, ser cultivados e plantados? Até mesmo as trufas, recorrendo a manobras como o plantio de árvores específicas? Não são mais cogumelos? — "Pela terceira vez óbvio ululante": poder cultivar não era a aventura a que se referia; só valiam os silvestres; os cultivados "champignons do campo", cogumelos-ostra, agáricos, enokis, morchellas chinesas, *hallimasche* eram um *trompe-l'œil,* clones, tratados com nomes errados, não apenas inteiramente diversos nas cores e cheiros, mas, contrariando os que emprestavam seus nomes, irrelevantes de alfa a ômega, "nulos e insignificantes tanto na mão quanto na boca". E além disso a principal nação de cogumelos, não apenas os hongos, também os deliciosos russulas, os guarda-sóis, *marasmius oreades* (também conhecidos como *senderuelas* ou ninfas da montanha), *setas de los caballeros,* cogumelos-dos-césares, morchellas, míscaros de São Jorge, *setas de San Juan,* cabeças-de-monge, trompetes, orelhas-de-judas, tufos de coníferas, ouriços escamosos, *sparassis crispa, polyporus umbellatus* — todos eles permaneciam incultiváveis, e enquanto essas últimas excrescências resistissem ao cultivo "o meu e o nosso ir-aos-cogumelos continuariam sendo parte dessa resistência e aventura de resistência!".

O tempo da partida, da caça, do encontro e da retomada da caça: "Uma forma de eternidade." E com relação a si próprio: no livro da vida ele não via registradas todas as suas absolvições obtidas no tribunal, mas apenas suas expedições a torto e a direito nas florestas.

Os modos de preparação deviam ficar de fora do livro do louco por cogumelos. Em primeiro lugar, não pertenciam ao seu projeto, e além disso ele pretendia secretamente ser surpreendido algum dia pelos leitores, em retribuição, assim como ele os surpreendera primeiramente, com ideias e histórias das cozinhas e de além das cozinhas.

Quanto ao sabor, aprimorado progressivamente com os anos e as décadas — ao contrário de muitos, da maioria dos outros comestíveis, para os quais ele mais perdera o paladar —, havia em seu plano de composição pequenas alusões, também elas partindo da palavra "surpreendido": cada um dos milhares e mais de cogumelos comestíveis eram "bons para uma surpresa", mesmo aqueles que circulavam nos outros livros sobre cogumelos como "medíocres" em termos de gosto ou mesmo "sem valor". Um gosto "selvagem", fosse como fosse, nem um único deles tinha, justo o elemento selvagem na forma, cor, cheiro se transformava na boca em algo suave — quanto mais selvagem no exterior, mais suave, conforme a regra, no interior, para além da cavidade bucal. Todo o resto, por comparação, também a assim chamada carne mais suave, o mais fresco dos peixes, mesmo o caviar, pois é, tinha um gosto vulgar-ordinário. Somente raras plantas selvagens se aproximavam de tal gosto, enquanto houvesse ali também algo adicional, uma força adicional além de tudo quanto fosse mera planta — só era preciso envolver-se com aquilo (e não podia, não devia estragar o paladar com alguma outra coisa antes). "Envolver-se — e o saborear retarda o comer em cear, o cear em degustar, e o saborear, cear, degustar se transformam, ah, muito raramente, em abraçar e animar a comida, a refeição, e por força de todos juntos, por fim, o descer lentamente e, ao mesmo tempo, ainda mais raramente, pulsos de calmaria emparelhados com a ascensão, ai, somente nos tempos santos, do indivíduo próximo de Deus em você e em mim, caro leitor: do estrelado céu da fantasia! Seja sincero: em que restaurante de uma, duas ou três estrelas jamais encontrou isso? E não é estranho como a alimentação pode elevar a cabeça do mais profundo reino terreno aos céus?"

Se o meu louco por cogumelos teria mesmo enriquecido com tal livro? Seja lá como for: a coisa não deu em nada. Nos primeiros anos — e eles duraram muito, pois sempre começava de novo, encontrava novidades — sua paixão contribuiu para o êxito profissional. É verdade que, em face de algo até então desconhecido, se sentia singularmente rico. Mas não obteve riquezas desse modo. Mesmo assim pôde realizar um sonho. Comprou então, distante da metrópole, onde campo ainda era campo, uma floresta, uma pequena, que formava uma espécie de ilha num imenso pasto, nem sinal do mar. Uma vez, numa de suas expedições, embrenhou-se pela fração de floresta, através de uma sebe natural espessa, e em todo lugar saltaram tochas amarelo-avermelhadas, cogumelos que, na nossa infância, cresciam entre os abetos não longe do pasto e eram significativamente chamados de "patas de urso". E então? Sua floresta aqui no outro campo fora atacada por uma nação de cogumelos tão bela quanto maligna, a *armillaria*, que não apenas devorara os patas de urso mas também, no decorrer de um ano, toda a vegetação arbórea.

Com exceção dessa perda, pouco a pouco, ele passou a empregar a palavra "economia" diante de seus achados, que aumentavam tanto em quantidade quanto em variedade: "Olá, economia!" — "E de novo uma economia!" — "Como ela floresce hoje, minha economia!" Não ficou meramente na palavra involuntária. A ideia de que tais achados, em tais quantidades, chamavam por vendas, comércio, mercado, lhe pareceu tão natural como qualquer outra coisa, como suas defesas, com certeza mais natural que meus livros. Isso se dava também porque meu antigo amigo da aldeia, vez ou outra, perdia o controle de seus tesouros. Eram tantos que o próprio consumo não poderia dar conta, e tanto a esposa quanto a criança, por algum tempo de boa vontade, não eram consideradas compradores, assim como nenhum dos vizinhos, embora ele tivesse pensado justamente neles como fregueses — isso, pensava, como permuta, teria produzido uma vizinhança como a que tinha em mente desde a época da aldeia e que, na realidade, não existia mais em lugar nenhum, nem nas cidades periféricas. E levar ao mercado suas riquezas, os mercados da semana e dos domingos? Era o que tencionava fazer, com toda a seriedade, sentia-se quase que impelido, junto com os ternos italianos, balcânicos, afegãos, em cada mão um cesto pesado e cheio até o topo, pôr-se a caminho, como fornecedor, como vendedor, ainda mais que suas mercadorias deviam parecer incomparavelmente mais frescas e apetitosas do que todas as coisas apagadas, amarrotadas, envoltas em zunidos de moscas, transportadas em contêineres abafados ou de qualquer outro jeito de províncias distantes ou de países ainda mais distantes, continentes até.

Só que muitas, quase todas as suas preciosidades ainda um século atrás eram bens de mercado, tão naturais quanto cobiçadas — mas hoje em dia não mais, quando muito, nas formas cultivadas: sobre a forma original, quase esquecida no mundo inteiro, seriam de esperar no máximo as observações com as quais normalmente se fala de cogumelos. Com as mais finas frutas da terra — justamente delas —, nos dias de hoje, no assim chamado "presente", não se fazia mais nada no mercado: "Clientela degenerada", conforme seu jargão jurídico, "mercado degenerado!"

Além disso, lhe ocorreu o seguinte: ele não levava jeito para comerciante, nem mesmo para provedor ou fornecedor, fosse ou não seu provincianismo mais íntimo e inextinguível. Não era nenhum gerente, nenhum empreendedor, não era para o mercado.

No entanto, uma única vez teve coragem de levar um cesto cheio de cogumelos porcinos a um restaurante, um restaurante italiano, o que mais seria, onde jantou com sua esposa, com a ideia secreta de que, quando os olhos do dono abruzino ou sardenho caíssem sobre essa faustosa coleção, algo haveria de acontecer que atribuiria a ele, o cliente, o "célebre jurista", o papel de um simples homem de negócios, de um fornecedor, que tinha a fornecer exatamente aquilo ou algo ainda melhor, para o que havia grande demanda no local. E assim se deu realmente, de fato não como venda e compra, mas, ainda melhor, ou de novo, mais natural, como permuta, mesmo que as duas garrafas de vinho abruzino ou sardenho não compensassem lá muito bem a cornucópia de *funghi porcini*: ele, não apenas o louco por cogumelos, mas um agente da economia natural, dos tempos primitivos, e então quando o vinho permutado foi oferecido à sua esposa para a degustação, ela o contemplou, seu marido, com o olhar da menina da aldeia vizinha, tão sincero, de tão longe, tão persistente, como jamais percebera nela, e mesmo depois, até os dias de hoje, próximo do fim da minha história sobre o louco por cogumelos, nunca mais haveria de saborear.

Se, nos primeiros anos, sua paixão pelo mundo dos cogumelos enriqueceu não apenas sua vida profissional, além de ainda e mais ainda algumas coisas paralelas, mas também o convívio com a esposa e a criança ("o amor dela, da minha esposa, é uma espécie de humor", ele me disse uma vez), a coisa se transformou, com o tempo, em algo diferente, imperceptível para ele próprio, tão mais perceptível para sua esposa. De fato sem perceber, sua "paixão" o fazia esquecer a mulher. A paixão se tornara uma dependência, um vício, e sua esposa perdeu o humor. Ela saiu de casa de um dia para o outro, e a criança fora com ela. Foi uma fuga tanto do homem quanto dos seus "suvenires" diários, que se acumulavam no porão e na garagem, e mais tarde não só lá, e que logo foram entregues à putrefação e à bolorência, destinados, sobretudo, a ela. "Suvenires": palavra pronunciada por ele como um termo carinhoso. Fugas comparáveis, como aquela da esposa, com os mais diversos assuntos e presságios, já foram narradas com frequência ao longo dos séculos, e o que foi sugerido aqui deve ser suficiente. Só uma coisa: o louco por cogumelos parece não ter notado a fuga de sua amada esposa, assim como a ausência de sua criança também amada. Já na manhã seguinte ele usou a hora livre antes da viagem que faria com o propósito de uma visita a prisioneiros num país distante para rapidamente ir às florestas, mesmo que o caminho tomado, claro que bem mais tarde, tenha recebido o nome de "rota da ausência".

Mas já tempos antes da fuga, seu comportamento, sua atitude primeiro em relação ao mundo exterior, sem falar que ia se esquecendo pouco a pouco de seus próximos, transformou-se numa outra fundamental, pronunciada, expressamente diversa; alterou-se. Foi sua mulher quem me escreveu isso, que aturava suas ladainhas tardes e depois também manhãs inteiras.

Se alguma vez a imagem dele próprio fora a de um marginal, mais tarde, contudo, fortalecido pelo despertar de sua paixão, tornou-se o detentor de um papel por vezes de pertença, outras de complemento, de igual valor no jogo universal da vida, assim ele se via decididamente como aquele que, à margem desde a infância, carregava o cetro em segredo, ouvia o rumorejar do vento e se deixava ensopar pela chuva e se cobrir de neve na orla da floresta. — Como isso, sendo um caçador de cogumelos? — Sim, um caçador, colecionador e conhecedor de cogumelos.

Todo o resto então foi se transformando para ele cada vez mais em algo secundário, não significava nada mais que "o resto" ou, ainda, deixava de existir por completo. Não só desistia das leituras, à exceção dos livros sobre cogumelos da Nova Zelândia passando pelo Alto Atlas e o volume de luxo intitulado *The Mushrooms of Alaska* — nos quais os cogumelos eram, aliás, idênticos —, não queria mais ir ao cinema, nem a dois nem sozinho, não fazia mais nenhum tipo de viagem, nem sozinho nem a três: também sua profissão de advogado, com o tempo, ele não exercia mais com tanta facilidade.

Ele não era exatamente consciente de tudo isso e também não perseguia com isso nenhum propósito. Ter encontrado algo de manhã cedo era suficiente — ele partia para as florestas cada vez mais cedo —, era como se o trabalho do dia já estivesse concluído, sem que fosse necessário o estudo dos processos e das defesas até agora ritmadas palavra por palavra, frase por frase, junto com as pausas e os parágrafos, perante o julgamento das nações. Julgamento das nações? Nações? Só havia uma nação para ele: a dos cogumelos. Do trabalho no tribunal, das defesas dos réus naquele lugar ao qual pertencera outrora seu coração, ele não mais tomava conhecimento, em todos os sentidos. Realizar descobertas em suas florestas — agora suas "comarcas" — dava-lhe a ideia de que já tinha feito o que precisava fazer com seus réus, como os outros eram iludidos talvez pela música, e o homem notívago pelo dia seguinte. Com cada achado ele tinha a impressão de que já conseguira a absolvição, de que sua defesa já ganhara o mundo aos brados.

Era pior ainda: de novo desprovido de consciência e também de intenção, começara a desprezar os presos e réus confiados a ele. Eles todos, antes belos, a cada sessão lhe pareciam mais feios. Mais aflitos. Não existências. Despedaçados. Ilhados. Agonizantes, sem perspectivas, sem futuro — sem visão! Ele tinha visão! Como? Por causa dos cogumelos, entre os quais eliminou expressamente do seu horizonte aqueles que em princípio provocavam visões? — "Por causa de suas orelhas-de-judas, suas 'ninfas', seus cogumelos-dos-césares", escreveu-me com amargura a esposa, aquela da aldeia vizinha. Se, antes, ele sentia que "pulava a cerca" com seus clientes nas florestas, os réus "das terras escravagistas", agora de fato os desprezava como se fossem escravos, com os quais, como detentos, acontecia nada mais além do que era justo.

Ainda pior, ou não, ou talvez pior de outra maneira, era que seu desprezo pelos réus confiados a ele pouco a pouco se estendeu às pessoas do tribunal, sem distinção não apenas a todos os juízes ("os juízes não só se tornam cada vez mais inclementes — são também burros, burros como mulas, e quanto mais perto chegamos deles mais burros ficamos"), mas também aos intérpretes, aos representantes da acusação, assim como aos representantes da defesa. Somente a si próprio ele respeitava, cada vez mais, e também fora do trabalho, que já quase nada mais significava, via-se a si mesmo como um eleito. Entre seus processos, amontoados de propósito, encontravam-se afinal mais e mais marcas de mil e uma espécies de cogumelos, como modelos de sistemas solares estrangeiros.

Não foi má intenção de sua parte quando, certa vez, em plena arguição de defesa de um adversário, que acabava de exigir prisão perpétua ao miserável grupinho de réus, agarrou sua beca e esqueceu de si e do tribunal na contemplação das coisas, quais talvez?, na palma da mão, também no seu faro. Por muito tempo ainda circulou a história de como o louco por cogumelos, certo dia, num momento particularmente solene do processo, digamos, quando todos se levantaram para o pronunciamento da sentença, desta vez com a intenção talvez incontestável de ao menos atenuar a seriedade do tribunal, também se levantou, mas, quando, na longa bancada do juiz, o triunvirato internacional, intercontinental dos juízes, em uníssono, "como um homem", posicionou na cabeça o barrete para a cerimônia do veredito, ele, simultaneamente, e com ambas as mãos, pôs na sua uma insígnia bastante parecida, que, na realidade, era um enorme cogumelo guarda-sol, um *coulemelle*, um *culumella iganta*, um *makrolepiota*.

Os convidados em sua casa — naqueles tempos eles ainda vinham, e não eram tão poucos — tinham de levar em conta, da incidência do crepúsculo até a meia-noite, serem tratados com evocações, rapsódias, sinfonias, poesias, fábulas e cantatas de cogumelos, que falavam menos da comida propriamente dita que de sua intoxicação maior a cada ano. Por fim, depois da meia-noite, não havia para ele mais nenhum outro assunto. Também não permitia nenhum outro. Os cogumelos, como já referido, eram a última aventura, e ele seu profeta. Eles ficavam no horizonte mais derradeiro, não, no único. Em torno deles girava o eixo do mundo, inclusive o clima, que se tornou o clima dos cogumelos ou o não clima dos cogumelos. Sua primeira ideia de manhã: "Para a floresta. Paras as florestas. Para os cogumelos!" Sua primeira ideia? Sua única ideia com o passar do tempo e das estações do ano, tanto das quentes quanto das frias? "Ideia"? Que assim fosse: dias e noites inteiras ele falava, e por fim eu era o único ouvinte, em local rico em achados, como se se tratasse de uma grande coisa, e não perdia uma só palavra sobre as catástrofes diárias, que se amontoavam, da história do mundo; não queria mais parar de jeito nenhum com sua evocação e murmúrios.

Seu desprezo atingiu todos que não eram como ele, "com exceção de nós, os seus, dos quais meu amado marido se esqueceu carinhosamente...". Como caçador de cogumelos também se via como protetor, e ambas as coisas juntas faziam dele o senhor das florestas, ou, como ele próprio queria se chamar em seu livro não escrito sobre cogumelos, o "filho da senda", que era uma tradução do árabe e significava supostamente um soldado, um soldado na Guerra Santa. Sim, ele travava, primeiro em segredo, depois abertamente, mesmo que só com palavras, uma guerra contra todos que não estivessem, como ele, na senda, não apenas nas florestas, porém sobretudo na floresta. Sofriam mesmo as crianças que brincavam, quer dizer, se metralhavam com pistolas de brinquedo, crianças que, fossem educadas corretamente, ele chegara a ver como futuros aliados: "Seus moleques! Deixem as florestas em paz!" (E por fim não o dizia mais somente para si.) Desonra para os falsos caçadores de tesouros que, ano após ano, vandalizavam as florestas não apenas com pás e picaretas, mas com contadores Geiger mais e mais sofisticados, depois com covas cada vez mais fundas em volta das raízes das árvores. Vergonha para os ciclistas abusados que alargavam as mais escondidas veredas na floresta com trincheiras artificiais abertas no solo natural, pistas, descidas, como se mesmo a mais selvagem das selvas nada mais fosse do que um terreno para suas práticas. "Cães profanos, ainda me pagam por isso, ao filho da senda, aquele mesmo!"

Nesse sentido sua mulher me contou como, vez ou outra, ele se sentia desarmado quando uma das crianças com a pistola de brinquedo ou um dos corredores abusados de repente o cumprimentavam (nenhum dos caçadores de tesouros metálicos), e como, certa vez, quando voltava para casa, ele ficara entusiasmado com a pele fresca e os olhos cintilantes de um montanhista — os seus, ao contrário, mesmo diante dos achados mais inauditos, ou justo diante deles?, ficavam tão apagados, as maçãs do rosto como que incendiadas pelas teias de aranha da floresta, a testa sempre mais arranhada e ensanguentada pelos tocos dos ramos contra os quais chocava cegamente em seu ímpeto de caça, que chamava de "anseio", e que era incrível como, atingido frequentemente por lascas pontiagudas de madeira morta no tronco de um carvalho, ontem no olho direito, hoje no esquerdo, ele havia muito não ficara caolho, como, aliás, alguns de seus antepassados, e isso, segundo ela, ele tinha de agradecer somente ao seu anjo da guarda, que, como se dizia na região deles, era também um anjo de alerta: "Cuidado, amigo, da próxima vez não terá mais a minha proteção!"

Ele sempre se punha a caminho, como ela terminou de contar, trajando seus finos ternos, com uma gravata de seda bem apertada. — E voltava todo sujo? Imagine! Isso jamais. Nem uma só mancha no estambre ou em qualquer outra coisa. Mas, em contrapartida: rasgado, sobretudo o forro, e isso no terno recém-comprado, já na primeira ida à floresta ou, no mais tardar, na segunda, e no processo, em vez de rasgar-se, lacerava-se cada vez mais e, nos nossos últimos tempos juntos, dilacerava-se por completo.

Não muito tempo depois de a esposa e a criança — quase não mais criança — terem deixado a casa, o louco por cogumelos largou a advocacia e passou a escrever seu livro especial sobre cogumelos. Mas, "como foi dito", "como já observado...". E com isso, comunicou-me pouco antes de seu desaparecimento, "começou o período mais horripilante da minha vida". Uma vez que também esse período, de outras maneiras, por outros assuntos, foi traduzido com frequência em palavras ao longo dos séculos, eu posso, embora ele tenha durado alguns anos, ser sucinto na narrativa que, além disso, deve ser uma mera adaptação — senão, de fato, não seria da minha alçada. A "fonte homérica", que Antonio Machado reclamou certa vez como modelo de ritmo e indicação de tom, é a que tenho seguido até agora. Daqui em diante, como devo dizer, ela não vem mais ao caso; ou não é mais seu lugar.

Horripilante? Sim. E ao mesmo tempo ele vivenciava, durante a caça, seu momento quase diário de êxtase; uma coisa condicionava a outra. Êxtase ele sentia até mesmo quando, cada vez menos, nada encontrava: tal coisa, em sua opinião, lhe mostrava que era um homem livre, "o mais livre de todos, e vocês por aí, vocês são meus escravos, escravos iguais a nós". Iguais a ele? Sim. Agora, sem profissão, estava livre também para sair à caça de seus iguais, dos outros caçadores especiais, exploradores, pesquisadores, os que, em sua intuição, eram também os últimos homens, assim como ele.

E isso pareceu até mesmo confirmar-se, de maneira episódica, evidentemente não mais como antes aqui e ali, durante a própria caça nas florestas ou noutros locais de pesquisa — que proliferavam também fora das florestas quase assustadoramente — e menos ainda nos planejados encontros e congressos anuais dos estudiosos ou "amigos" dos cogumelos, como se chamavam entre si, do mundo inteiro, dos quais ele, no primeiro ano, ainda participava. Entre os seus iguais, na verdade quase sempre que eles por acaso se manifestavam, ele normalmente se sentia como que em meio a desconhecidos no balcão de um boteco. Lá não era necessário nenhum jogo de futebol na televisão para que começasse a conversa. Uma pequena observação de um estranho qualquer sobre cogumelos, ou sobre um em particular comumente ignorado, e uma narrativa de múltiplas vozes podia ser desencadeada com um silencioso entusiasmo, também em torno de locais, estações do ano, sobretudo matizes e tonalidades, como nem sequer o mais disputado jogo de futebol ou mesmo qualquer outro tópico na Terra poderiam despertar.

Só que nunca ia além disso. E quando tomava conhecimento das circunstâncias em que viviam seus supostos iguais, eles personificavam, mundo dos cogumelos à parte, o contrário dos homens livres procurados por ele. Na vida cotidiana quase todos se revelavam súditos solícitos, subordinados às esposas ou a quem quer que fosse, com os quais não havia outra conversa, súditos da espécie mais humilhada, como se caçar para eles não passasse de mera brincadeira ou passatempo, um entre os milhares que se ofereciam — o que, nos balcões, sempre novamente de maneira visível ou audível, não podia estar certo. E encontrava, porventura, ainda menos dos seus iguais nas conferências e já também não mais no congresso internacional dos pesquisadores de cogumelos. De homens livres, com línguas de fogo, inflamados pelo ar internacional no corpo inteiro dos pesquisadores, como ele fantasiara de antemão, nem sinal. Peculiar como tantos desses pesquisadores de cogumelos pareciam doentes e eram doentes imaginários. De cabeça livremente erguida não havia ninguém, o que, nesse particular campo de pesquisa, era ainda quase natural, mas também pessoas constantemente encurvadas, com as costas arqueadas e os olhos caídos no chão podiam de fato irradiar algo de um soberano, ou não?, um soberano de si mesmo. Um deles precisava talvez simplesmente abrir a boca e, congresso para cá, congresso para lá, deixar que a voz ressoasse ao longe, ou não? E de tal forma deixar que o "diretor supremo", como Goethe percebera o intelecto, "prevalecesse", não é mesmo? No entanto, nenhuma voz ressoou e muito menos prevaleceu. Ficou nas vozes do concílio relativas ao congresso, numa competição de conhecimento com um papa dos cogumelos e diversos contrapapas, mesmo na agradabilíssima confraternização depois do evento, na qual ele, o autodenominado barão do reino dos cogumelos, sentiu saudades do belo acaso das conversas de balcão. Não poucos desses micólogos, em sua maioria envelhecidos, pareciam cansados de alguns passos no jardim da casa do congresso, e mesmo quando um deles palestrava sobre uma revolucionária teoria sobre esporos, ouviam-se constantes tosses ao longo das fileiras de assentos, em que um se mantinha expressamente distante do outro, como que para não ser infectado por ele — "tudo isso impensável nas minhas antigas defesas no tribunal". E de fato: finalmente — ainda assim o finalmente ocasional de sua história —, esses estudiosos dos cogumelos eram todos perdidos, como talvez só pudessem ser nos dias de hoje, e também, ao mesmo tempo, cada um por si só, vivos e gentis.

Apesar disso também não eram seus iguais. Ele reconhecia: seus iguais não existiam, e isso ele disse a si próprio perto do fim de sua história como a conheço até agora, havia muito não mais pela soberba talvez inata, que, num meio-tempo, nos tempos gloriosos de sua mania por cogumelos, se transformara quase em arrogância.

Soberba e arrogância desaparecidas — e, não obstante, ele se sentia no seu direito como o exclusivo, o solitário caçador de cogumelos. O soberano, ele o era e continuava sendo, mesmo que apenas nos momentos de êxtase que diariamente diminuíam e desapareciam num instante e, pior, produziam um efeito inválido. E "soberano" significava: onde estou e desenho meus círculos, espirais, elipses, é o meu lugar, e o lugar é meu, e ali ninguém pode me perturbar. Desapareça, por favor, do meu campo de caça. Dos meus olhos. Dê o fora, alma de escravo. E uma vez que, justamente por causa de sua solidão, ele pensava mais uma vez em reputação e conduta, estas faziam efeito, sem que ele tivesse de berrar as injúrias que tinha quase na ponta da língua (com um terno sempre distinto, só não conseguia mais limpar a terra da floresta das unhas, nelas tão profundamente assentada).

Não ser perturbado por ninguém: era o que ele exigia, como se isso significasse que estivesse trabalhando com algo particularmente delicado e, além disso, indispensável e impreterível no interesse geral. Se esse trabalho fosse impedido, seria uma lástima eterna para o bem comum e, à parte isso, teria ocorrido em torno dele, em torno dele pessoalmente. Sim, estranho ou mesmo escabroso: em seus momentos de êxtase ele também tinha medo. Medo como o de um peculiar geômetra que, só com seus movimentos tanto geométricos quanto esféricos pela floresta, tinha todo o tempo do mundo na Terra e também figurava de repente não ter mais tempo nenhum atrás de si — foi retirado do tempo —, e que seu tempo acabara. "Maldito seja você, falso portador da luz!"

E assim isso ocorreu também, por fim, todos os dias. Toda vez seu êxtase de explorador, pesquisador, descobridor ameaçava virar pânico. Ele vivenciava isso como um ritual cósmico inicialmente belo, que aquecia tanto o coração quanto a testa, e que então se transformava imperceptivelmente em algo horrível e gélido, que transcendia sua pessoa. O horrível se anunciava, quanto mais algo encontrasse (e encontrava e descobria a cada dia mais e mais), enquanto o espaço se estreitava de tanto espionar e pesquisar e afinal encolhia de ponto em ponto, um ponto aqui um ponto ali. Se a busca antes criara um ambiente, o encontro agora fazia com que ele encolhesse, sobretudo na superabundância. Como haviam sido belos e benéficos um dia os achados avulsos. Agora não era mais espaço, o que significava: a sensação de espaço não mais existia. Durante dado período, com o olhar nas copas das árvores e além delas no "firmamento", nos mais distantes horizontes, simplesmente brincando, ele ainda simulava o espaço — e o perdia mais ainda, também porque tais olhares, terrivelmente curtos como os tinha, nunca se aprofundavam e antes que se tornassem uma constância já eram interrompidos e caíam de volta num ponto, o olhar fixo no chão. Do senhor do sul, oeste, norte e leste ele passou a ser o escravo dos pontos. Sim, era o que se tornara, um escravo.

E com o espaço de tal forma perdido, parte da regra cósmica?, se aproximava o estreitamento quase diário do tempo, a premência e o não tempo. Notável: sua espécie de urgência, "estrangulamento temporal", como ele dizia, não resultava do pouco tempo que tinha, mas de um excesso de tempo — a perda do espaço decorria da perda das medidas. E notável de outra maneira: isso que ainda o preservava às vezes do pânico, justamente o mundo exterior em crise de pânico, era a natureza em pânico. Quando, na trovoada ou na tempestade, os tempos e os espaços se misturavam, não dentro dele, mas fora, lá fora, ele o vivenciava como um jogo inteiramente diverso, como o movimento catártico contrário às suas simulações e ilusões internas; em plena queda dos ramos, no flechar pelos ares dos pássaros amedrontados, no estalido dos trovões ele se sentia em segurança; continuava a olhar e espiar para os lados e para as raízes, mas pertencia àquilo, aos espaços e tempos misturados no mundo em pânico; encontrava a apreciada tranquilidade; e ficava com os olhos grandes, mesmo quando atingido por um ramo em queda ou pelo susto de um relâmpago: logo após o sobressalto, ele enxergava até com mais precisão, e o que via assim estava sempre, como antes, envolto num brilho — de qualquer maneira, nenhum ponto. Como voltava seu senso de espaço justamente na selva do mundo em pânico. Como se tornava um descobridor justamente enquanto ser perdido.

O que ainda lhe preservava às vezes de sua crescente consciência da ausência de tempo eram, paradoxalmente ou não, aqueles episódios, mesmo que curtos, em que procurava, procurava e procurava — não conseguia mais fazer outra coisa — e nada encontrava. Naquelas horas de procura ele se irritava cada vez mais, mas justo essa irritação ajudava com que ficasse no tempo ou, como dizia, "neste mundo". E acima de tudo sair ao ar livre das profundezas da floresta após um dia inútil, com as mãos e os bolsos vazios, quando, finalmente, finalmente!, não havia mais nada para procurar, significava de fato: "Ah, o ar livre!" Só que tal encontrar-nada-e-mais-nada era uma grande raridade e de vez em vez a maior delas. "Procurar e não encontrar!", ele o via como uma espécie de ideal. Só que: como praticá-lo? Não podia ser realizado, ao menos não por um louco por cogumelos, e de jeito nenhum por um sem igual.

O que fazia dele um caso especial em todas as sociedades de maníacos?, me pergunto. Talvez o fato de que ele,

William Shakespeare modificado, além de maníaco por cogumelos, era também um "maníaco da consciência", no sentido de que "a consciência faz de todos nós maníacos".

E assim, o involuntário, o deixar-ser, o deixar-acontecer pôde, agora sim, representar de novo um de seus ideais. Mas ao mesmo tempo ele estava constantemente, horrivelmente constantemente consciente, a todo momento, o tempo todo, do que fazia — em vez de deixar acontecer, o que ele deixava de fazer —, em vez de deixar. Da loucura da consciência nasceu seu sofrimento com o tempo, do qual a loucura por cogumelos certa vez pareceu curá--lo, no qual, finalmente — ah, que lhe fosse concedido um "por fim"! —, sua aflição com o tempo ressurgiu de maneira ainda mais ameaçadora. Qual era agora sua mais terrível mania de consciência? Ele jogava o jogo do não procurar, a fim de encontrar em segredo.

Maldito fosse ele próprio e malditos fossem também os cogumelos, sempre que o pânico se aproximasse! Quando, de modo geral, ele ainda tinha olhos para alguma coisa, eram só para eles. E cada vez mais outras coisas além de cogumelos faziam troça dele, mesmo quando não tinham o formato clássico destes. Ele via como cogumelos os pequenos fumeiros quadrangulares nos telhados das casas vizinhas, e numa escultura de mil anos dos três reis do Oriente que oferecem seus presentes ao recém-nascido filho de Deus, o que tinham nas mãos eram cogumelos em vez do ouro, do incenso e da mirra. Na noite profunda, constelações em forma de cogumelos. Em sonhos cresciam-lhe cogumelos no próprio corpo, não os comuns, crônicos, prejudiciais à saúde, mas os da floresta, os mais procurados, os mais cobiçados, os mais apetitosos. E mesmo nas florestas e nos prados, quanto mais intensamente se acumulavam os achados mais previsivelmente ele confundia com cogumelos tudo quanto havia no entorno: folhas, bosta de vaca, mesmo bagas e flores — pedras, bosta de cachorro, lenços de papel, maços de cigarro vazios, plumas de pássaros, preservativos, capacetes de aço enferrujados, tigelas de soldados de séculos atrás, minas desarmadas, tudo tomava forma de cogumelos (e ele se abaixava para recolhê-los).

Com tantas formas de cogumelos fora e dentro da cabeça, ele estava perdendo de vista o rosto dos outros, das pessoas, dos seres humanos, aquilo que outrora fora o mais importante, "o terceiro visível". Sua esposa, longe dele havia muito, contou-me que ele a encontrara certa vez na floresta e que olhou, porém, primeiro para o que ela trazia nas mãos. — E o que era? — Um cogumelo-dos-césares, uma *amanita caesarea*, uma gema de ovo, mais amarela impossível, num invólucro branco como uma clara, uma verdadeira ambrosia. — O quê? Ela também louca por eles? — Sim, excepcionalmente, de brincadeira, talvez ainda para reconquistar o maníaco-mor. — E depois? Do imperador dos cogumelos ele ergueu os olhos para o rosto dela, da esposa. Mas não a reconheceu, admirou-a somente, como estranha, mais por causa do achado que trazia do que por sua beleza.

No limiar do horror ele começou a ouvir o querido rumorejar e sussurrar das árvores, dos quais tanto necessitara quando criança, como um cochichar dirigido contra ele, como um clicar, um murmurar alarmante, um oráculo maldoso. Os ramos, que roçavam uns nos outros ao vento, silvavam. Mesmo quando ele se deparava com os mais amáveis e belos dos cogumelos, eles não passavam de "coisas". Coisas do demônio! Coisas infernais! E como essa coisa ao mesmo tempo era fria, gelidamente fria na mão, não podia ser aquecida nem com o sangue tão quente, ao contrário, transferia a ele sua frieza, braço acima, até que seu gelo escorregasse para as profundezas do coração, o que, é claro, não o impedia, como aquele que conhecia o lugar, de ajudar um grupo de caminhantes que estivesse perdido — havia mais e mais perdidos — a voltar ao caminho certo e de ser o primeiro a saudar os que passavam por ele, mesmo que não precisasse fazer para tanto nenhuma careta, e o que, por outro lado, também não o impedia de ficar surpreso com o fato de que os grandes guardas-florestais dos séculos passados, tão grandes quanto ele agora, pensando somente nos Estados Unidos, Walt Whitman ou Henry David Thoreau, não tenham poetado ou sequer mencionado cogumelos em parte alguma. Por que você usou as árvores apenas para ginástica, a fim de recuperar a agilidade depois do derrame, Walt? E por que você, Henry, classificou somente plantas nas florestas de Maine e Massachusetts? E que povos eram esses, como os indígenas e os árabes, para os quais os cogumelos cresciam apenas nas cercanias dos cagatórios ou eram igualmente *harām*, como carne de porco, também um dia banidos do Jardim do Éden?

Será que meu amigo louco por cogumelos queria se livrar de seu amor-ódio quando partiu por alguns meses pelos desertos e pelas paisagens de dunas da Terra? Sei lá. O que sei: que ele, também entre os tuaregues e no Iêmen, na areia do deserto e das dunas, próximo aos oásis, começou a sair em busca de cogumelos e a cavar também na areia e na terra os, como se diz, "simbiontes" correspondentes. E também em nossos meios europeus, para onde supostamente havia fugido dos cogumelos, ele os espreitava ao pé das catedrais, nos estádios, até mesmo, acreditem ou não, nos passeios de barco em rios, entre os trilhos do metrô, nos cemitérios mais desprovidos de vegetação, ou virava a cabeça na direção deles, longe de todo o resto, e encontrava às vezes algo mesmo no mais impenetrável concreto, para sua decepção após um momento fugaz de êxtase. Na hora que antecedeu uma intervenção cirúrgica não pouco importante ele se viu estacado à janela da clínica, com um olhar fugaz para a copa da árvore em frente, espionando, porém, com ainda mais insistência e ao mesmo tempo mais repugnância, as raízes embaixo, à procura do quê, talvez?

Com cada vez mais frequência ele deixava escapar ladainhas de injúrias aos seus objetos de pesquisa: "Monstros. Hermafroditas. Bastardos. Corruptibilíssimas criaturas. Mães de todos os vermes." E, aos seus olhos, os mais pesados dos xingamentos eram: "Contos de fadas. Contos de vermes. Trituradores de papel disfarçados de chapeuzinho vermelho. Rumpelstiltskin, o Anão Saldador, com seus milhares de nomes falsos, sendo 'Rumpelstiltskin' o mais falso de todos! Desapareçam! Misericórdia!"

Visto que em lugar nenhum do globo terrestre, da Terra do Fogo à Sibéria, pôde escapar dos seus favoritos de outrora, ele voltou para sua casa e jardim próximos da metrópole, próximos das florestas conhecidas. Entende-se ou entenda quem puder que, havia muito, não mais era atraído, não, impelido automaticamente, e contra sua vontade corria direto para as florestas. Sua primeira ideia, não, compulsão, já quando acordava, muito antes de amanhecer: "Pros cogumelos, para lá, para lá!"

Assim passaram novamente um verão e um outono, e chegou o inverno. Durante a noite caiu a primeira neve, também durante o dia, densa e mais densa. Isso de modo algum impediu que o maluco fosse todos os dias à caça de cogumelos, estava ansioso, agitado, embora assombrado pela consciência de culpa e autodesprezo, considerando a camada de neve quase na altura dos joelhos. Em "consideração", aliás, não se pode falar, nem dos flocos na testa, antes o grande sinal de vida, agora somente esbarravam nele e não o marcavam: nada ali, nada mais.

Assim como ele escavava, raspava, revolvia na floresta, imerso na neve, levando bastões de caça, pedaços de pau, de uma só vez, com as próprias mãos, com os pés, para a esquerda, direita, como um jogador de futebol: somente a folhagem morta do outono, em cores encharcadas variadas, pela qual não se interessava quase, reluzia por debaixo da camada tão puramente branca. Quanto a isso, dizia sua longa experiência que, no inverno, em dezembro, um bom tempo ainda em janeiro, mesmo debaixo da neve, que os protegia do frio, os seus — apesar de tudo, ainda o eram — cresciam. Sobretudo após a estação dos assim chamados "trompetes mortos" — outro nome falso, mesmo que esses cogumelos cintilassem num vivo cinza-escuro —, ele podia contar com seus primos, os minitrompetes semelhantes na forma, tanto amarelo-claros quanto escuros, que, arbitrariamente, como passara a agir, ele rebatizou como "borboletas da terra" ou "borboletinhas da terra", quando gostava ainda de apelidos. O farmacêutico de Taxham[3], diferentemente de muitos dos farmacêuticos atuais um conhecedor de cogumelos como só ele, lhe informara, aliás,

---

3. Referência ao personagem do romance de Peter Handke *In einer dunklen Nacht ging ich aus meinem stillen Haus* [Numa noite escura, deixei minha casa silenciosa], de 1997. Taxham é o nome da pequena vila nos arredores de Salzburgo, Áustria, onde o farmacêutico vivia. [N.E.]

que o sabor destes "sopradores de trompetes" melhorava mais ainda depois da primeira geada.

Este foi por acaso o dia que antecedeu seu desaparecimento; seu sumiço da face da Terra. Ele remexia a neve hora após hora em vão, e um terceiro teria considerado as áreas da floresta, pelas quais meu amigo ziguezagueava, como que violadas pelos outros, os caçadores mecanizados e automatizados, ou devastadas por uma horda de javalis. Para sua felicidade ou infelicidade parou de nevar, e no oblíquo sol da tarde de dezembro ele percebeu os sinais luminosos vindos de uma cova na neve, eram as asas amarelo-tostadas de uma borboletinha da terra, uma única, que, no momento da descoberta, também ouviu seu apelido. E só o amarelado de uma perninha ao sol: onde no mundo inteiro haveria esplendor mais calorosamente convidativo?

E de novo, por longa experiência, o louco por cogumelos sabia que, assim como conseguia avistar, de modo geral após uma busca de meio dia, finalmente a primeira borboleta, via de regra a única, como esta agora, batendo as asas, ao mesmo tempo sem sair do lugar, podia confiar em descobrir ao redor, não apenas avulsas, mas em tufos, amontoadas em grupos, centenas das deliciosas, incomparáveis borboletinhas da terra — como, de fato, quase todos os cogumelos —, uma trilha outrora escondida como que num desenho geométrico de sulcos e fendas na terra se estendendo ao longe entre as árvores, tão rica que, ao colher ou cortar (era como música "composta em uníssono por John Cage e Domenico Scarlatti") ou recolher, imaginava um canteiro secreto nas profundezas da floresta, uma plantação escondida, secreta, destinada especificamente a ele.

Assim se deu também naquele dia que, uma vez descobertos debaixo da neve, os canteiros com as borboletas da terra se estendiam floresta adentro; a plantação se alongava adiante como que sem fim. A colheita de hora em hora mais rica, também mais pesada em todos os recipientes, nos bolsos, na mochila, exigia um curvar-se e colher contínuos. Vez ou outra a trilha amarela aos seus pés se estreitava, mas se escancarava novamente por um ou dois passos — e oscilava e enrugava no próximo. No que ele tinha a esperança de finalmente se erguer e poder voltar para casa com o dever cumprido. Nada como sair da floresta! Mas não estava em condição de fazê-lo. A trilha de borboletas da terra estendia-se e o atraía mais e mais adiante. Ele não só não conseguia ir embora, não podia ir embora, os canalhas, a ralé, os vermes, eles não o permitiam. Os locais de cogumelos, os canteiros de cogumelos, os campos de cogumelos, as trilhas de cogumelos, os meandros de cogumelos, eles serpenteavam, giravam, sacudiam como rabos de ratos, golpeavam como caudas de dragão, armavam ciladas sem cessar, sem misericórdia.

Caiu o crepúsculo, veio, sem um anoitecer, a noite dezembrina, e ele continuou, todo fugaz, fugitivo, também gemendo e bramindo, como um "trabalhador forçado das colheitas" (fórmula linguística dos tempos de advogado), a arrancar para fora o que havia de mais subterrâneo na floresta, primeiro ainda à luz da neve, depois com a lanterna presa à testa, que ele, desde a degeneração da paixão em devaneio, levava consigo passo a passo nas florestas. "Eu, o caçador? Onde? Eu, caçado pelos cogumelos!" (Mais uma fórmula pronta.)

E então? Erupção definitiva do horror e correndo com bramidos ou emudecido, o crânio recostado num tronco de árvore à beira da mais funda das crateras de bomba? Outro "grande caso"? Ou, zunindo e cantando, como se nada fosse, remexia uma cava nos debulhos de folhagens através da neve então congelada? Nada disso. Como na história de Habacuque, um suposto profeta do Velho Testamento, ele, você viu?, foi empacotado no tufo e levado ar adentro para algum outro lugar, um lugar bem diferente. — Levado por quem? Não faço ideia. Vocês que imaginem. — Talvez por ele mesmo? — Talvez.

Como eu soube de tudo isso, de seus últimos anos antes do desaparecimento, do último ano, do último dia? Dele mesmo, meu amigo de infância da aldeia e futuro desvairado — se não demente — dos cogumelos.

Minha ideia de que ele viria ao meu encontro foi confirmada: há alguns dias ele tem feito companhia a mim, ou temos feito companhia um ao outro, depois de quase um ano de sua ausência. E com seu aparecimento, são e salvo, é sacudido também, espero eu, aquele grão de alegria na minha história e na dele sem o qual minha narrativa não chega aonde quer e deve chegar, como que divulgada por alguma outra pessoa que não eu: ao público!

Era de novo um início de dezembro, mesmo que sem neve, e de tarde, enquanto eu, absorvido em sua história, estava em minha casa bastante isolada, num antigo galpão de muda e pernoite de cavalos de coche ou sei lá o quê, na paisagem deserta entre Paris e Beauvais, meu velho amigo se aproximou na pequena rua, um pouco movimentada só de manhã e no fim da tarde. Eu o reconheci, talvez porque "de algum modo" já o esperasse, talvez também porque meus ouvidos estivessem aguçados pela atividade concentrada e pudessem distinguir seus passos. Velho amigo? O andar de um jovem, quase de uma criança, parecido com o passo saltitante das crianças, que, onde quer que o ouça, é desde sempre a mais bela música.

Levantei-me aqui da mesa, na qual traço agora o fim de sua história, e, antes de ele bater ou chamar, segurei aberta a porta do jardim, na qual fixei o número da casa — aqui nas vastas redondezas não passam do três ou quatro — que fiz com as conchas de tempos remotos escolhidas nas estepes próximas, e ele, sem qualquer sinal de surpresa com tal recepção, entrou no meu "pobre" jardim, como então, desde sempre, mais ou menos conforme, creio, as *Éclogas* de Virgílio. — Faltou você deixar uma vela acesa no peitoril da janela para sua chegada no meio da noite! — Fiz isso nas noites anteriores. — E que você o recebesse com o sal da hospitalidade. — Assim foi.

À entrada da casa, do galpão de pedra conservado por séculos, ele hesitou, muito além da polidez, e assim tive a oportunidade de deixar que sua presença agisse em mim. Também tenho um olho para singularidades, embora outras, não as dele, e então notei suas unhas não mais pretas, mas tão bem cuidadas como devem ser entre seus iguais, os que se mostram em público. Sua testa e seu rosto estavam sãos, livres dos arranhões ensanguentados diários nos tempos piores de louco por cogumelos, e se comportava, apoiado pela elegância do terno visivelmente novo, de uma maneira diferente desde a última vez, ereto, um olhar tão ostensivo quanto pronunciado (palavras que gostava de usar em suas defesas), que se mantinha na altura dos olhos, sem evitar o chão ou os lados; ele parecia, de toda forma, não o temer. E ao mesmo tempo cintilava nos cantos dos seus olhos, como sempre, o Filho Pródigo.

Dos seus tempos de loucura por cogumelos falamos somente na primeira noite. (Ele insistiu em pernoitar no minúsculo anexo, uma antiga casinha de ferramentas, pequena demais para um cavalo, mesmo com este propósito, com o cavalo metade para fora, não?) Como que para tranquilizá-lo, contei não ter descoberto ainda em toda a deserta paisagem sequer um único cogumelo, ao menos nenhum comestível ou digno de ser colhido por alguma outra razão, durante os quase três anos em que moro aqui, e que o subsolo era cal e gesso — péssimo para crescimentos nobres —, e que o chão das miseráveis florestinhas da ilha no meio das infrutíferas estepes não consistia de nada além de lixo, areia e cascalho — haja vista os parcos montículos de toupeiras que não mostravam em nenhum lugar um grãozinho da terra da floresta normalmente tão escura —, farfalhada morta, quando muito um resto de barro grudado, sem oxigênio, amarelo como pus. No máximo se poderiam ainda encontrar talvez aqui e ali bufas-de-lobo, mas nestes, "você sabe melhor", agora no começo do inverno só há no máximo poeira fuliginosa.

O amigo, claro, pareceu não precisar de modo algum da minha tranquilização; nem prestou atenção nela. Também não lhe revelei que me ocupava justamente com sua história; para ele, aliás, era evidente: sobre o objeto do meu trabalho (e do meu jogo) tinha de reinar o silêncio; "Para mim basta saber que está na escrivaninha e de longe, do fim do jardim, ver você lá, perto da janela", ele disse: "Isso faz bem para uma pessoa" — (ele não disse "para mim"). O fato de eu, no dia de sua chegada, tê-lo questionado sobre sua relação com os cogumelos, ele pareceu atribuir mais à minha necessidade de fugir do meu tema; além disso, achou que ele e os cogumelos não eram dignos de nenhuma história, muito menos de um livro da minha "pena"; e vi certa vez — isso na verdade não cabe aqui — como ao passar ele virou um determinado livro sobre cogumelos, de modo a esconder a foto da capa. Na minha fantasia ele atirou o livro à lareira em chamas. Ou de fato iniciou o fogo com as folhas avulsas arrancadas, dilaceradas e amarrotadas.

Numa outra noite ele disse, junto à lareira, estar pensando num livro antifúngico, num livro antiflorestal. A caça aos cogumelos, a caça em geral, reduzia toda a vista, todo o campo visual, à visão de foco. Visão? Ausência de visão. E como os olhos pregados no chão faziam pesar a cabeça, e como anuviavam os olhos: a catarata fazia parte das doenças de caça! Antes um convidado claro neste mundo e agora um turvo! As florestas e mesmo o ar das florestas eram ruins a longo prazo, profundamente insalubres, pressionavam os pulmões e assim por diante, irradiavam vapores nefastos e, no fim, só coisas nefastas. E os movimentos abruptos dos colecionadores, quando deixavam seu "passo de caça", eram transpostos como arritmia para o coração. Os colecionadores em geral: mais e mais como ratos, por pura cobiça, e cobiçar significava roubar. Ah, todos os colecionadores ateus e autossuficientes. Então ele passou a elogiar os caçadores que se ajoelhavam, tementes a Deus, ao menos durante os feriados religiosos, haja vista seu padroeiro. Ah, estas florestas, florestas de merda, como rumorejam e rumorejam e rumorejam.

Eu passava o dia todo trabalhando na sua história, enquanto ele mexia no jardim dos fundos, quase inaudível, varrendo folhas ou colhendo o chamiço que caía das velhas macieiras para acender a lareira à noite, e jamais se sujava, nem mesmo nos punhos. Também lhe mostrei onde podia encontrar nas estepes e sobretudo nos campos arados antes do inverno as conchas trazidas à terra nas rebentações do mar há milhões e milhões de anos, mesmo o mais ínfimo dos caracóis incrivelmente pesado na mão, e ele trazia cada vez mais achados, ainda mais vistosos que os encontrados por mim em anos. Ele trouxe também sacolas cheias com frutos de roseira-brava que transformou numa geleia incomparavelmente vermelha, vermelha como os frutos da roseira-brava, e outro dia sacolas cheias de avelãs, servidas por ele, assadas para o jantar, ao lado das batatas não muito maiores da ilha de Noirmoutier no Atlântico, e como salada as azedas e o agrião do riacho Troësne (= Ligustro) na planície ao pé do platô, em cuja beira, já foi dito, fica o antigo galpão de muda de cavalos. Todas essas coisas, também as escassas castanhas, ele tirava agora regularmente dos bolsos, das mangas, até da boca da calça, como num passe de mágica. Não se afastara assim da vontade de encantar e enfeitiçar. E em vez de procurar no chão, ele desenhava coisas à altura dos olhos; principalmente os volumes macios e argentinos, translúcidos e floreados das pequenas florestas no inverno, como se permanecesse nele uma necessidade de florear, rodopiar, enrolar, de coisas malhadas, listradas, esféricas ao redor! Assim como: além do mais eu encontrava toda manhã meus sapatos limpos e lustrados, minhas botas de borracha lavadas, e a cada três dias meu amigo impregnava o assoalho de sílex com azeite de oliva — mais outro brilho.

Quando acabava meu trabalho, antes do crepúsculo de dezembro, que vinha bastante cedo, partíamos os dois todos os dias, cada um numa direção, para as redondezas e voltávamos para casa, comumente, só muito depois do anoitecer. Nessas ocasiões, me parecia que Órion se deslocava do leste para o sul e então para o oeste ao longo do céu invernal com mais rapidez do que em todos os anos anteriores; não seria coisa da idade? No Troësne canalizado nadavam, corcovas pretas à mostra, enormes ratos, que eram, na verdade, uma espécie peculiar de castor, chamados aqui sabe-se lá Deus por que de "chilenos", que, segundo o caçador à espreita na ponte do canal, produziam um excelente ragu. Perante as silhuetas de dois largos cavalos de pernas curtas num prado noturno nós dois nos imaginamos sobre os animais, sem sela, como fazíamos na época da aldeia em dois cavalos de campo de lombo amplo e pernas curtas, dos limites de uma aldeia aos confins de outra. Num outro prado havia um touro imponente, um enorme músculo único das patas até os chifres, o couro branco não desbotava nem mesmo na escuridão, os testículos pendurados como duas imensas cabaças. Certa vez uma estrela cadente traçou uma linha por um instante no firmamento, como um fósforo riscado num muro ou noutro lugar por um herói de faroeste ou por quem fosse, e as nuvens claramente escalonadas de horizonte a horizonte apareciam como rastros de pneus de trator. Lebres selvagens saltavam ainda pela estepe na grama pré-invernal diretamente de um esconderijo para o outro.

Dada noite caminhamos também até a distante aldeia e ficamos lá no bar com os mesmos dois, três outros de anos e anos, e meu amigo, com seu olho para roupas, notou quantas vezes aqueles "abandonados" exibiam nelas "dobras especialmente definidas". Então calei o fato de que ele próprio me parecia por alguns momentos durante esses dias um abandonado. Como isso se manifestava? Quando ele, ainda o elemento harmônico de nós dois, de maneira precipitada, desajeitada, foi acometido por um desalinho manifesto em cada um dos seus movimentos, e ele deixava cair toda e qualquer coisa que passava por suas mãos. E o que mais? Sem relógio, ele sabia a hora exata sempre, também depois de ter dormido, inclusive os minutos; e onde quer que aparecessem números, num termostato, no tacômetro do meu carro, ele lia esses números como indicação de tempo, como a hora atual, real. Uma vez, muito tempo atrás, ele me disse que seu único orgulho era ter tempo — justamente por ter experimentado o que significava não ter tempo, o que significava: o dragão no coração; o coração como dragão. Assim, não se recuperara completamente, até hoje, de sua antiga falta de tempo, de seu marasmo ferino.

Chegou o aniversário dele, e, para comemorá-lo com meu amigo, tirei uma folga do trabalho, e então partimos por estradas rurais, aldeias, veredas, moitas — "lá não dá para passar" (eu) — "mas é claro que dá!" (ele) — e mais aldeias e estradas rurais até o jantar na pousada atrás da colina do platô, com o nome de, acreditem ou não,

L'Auberge du Saint Graal, "O albergue do Santo Graal". (Rebatizada uma vez desde então, hoje a hospedaria tem o mesmo nome de antes.) Saímos muito antes do nascer do sol, que, ele bem calculara, dar-se-ia em seu aniversário às oito horas e trinta e três minutos. As nuvens na margem oriental, já quase sulina, do platô, pareciam orladas de ouro, e assim partiu do aniversariante agora mais velho a exclamação: "Glória!" Um vento quase quente soprava contra nós na entrada do campo, meu amigo disse que soprava do Iêmen, do paraíso. No fim de uma alameda, uma carroça azul coberta: o azul do céu. Mais do que nunca ele, com quem eu passeava naquele dia, lembrava o eternamente jovem, tímido e repentinamente petulante Richard Widmark. E eu, seu parceiro em *Two Rode Together*? Seria bacana; teria sido bacana. Mas, de qualquer maneira, levei meu parceiro a sério, tão a sério como só James Stewart levava os parceiros e/ou atores com que contracenava. O parceiro? A coisa?! Sua. Nossa. A aventura de nós dois. E o que ouvi ao mesmo tempo daquele ao meu lado?: "Estranho, uma luz como aquela no enterro da virgem idiota."

Não se tratava de caminhar, menos ainda de marchar. Nós nos arrastávamos. "Finalmente me arrasto de novo", disse ele. E o ruído tão uniforme do nosso arrastar eu ouvia sobretudo na folhagem, como se fosse um trem em movimento, bastante lento, que nunca atingia a plena velocidade — exatamente assim!, e me lembrei do que disse alguém sobre meus *Ensaios*: "Como um trem lento levando leite no alvorecer." E assim nos arrastávamos. Arrastávamos, arrastávamos, arrastávamos. Música do arrastar, outra música de caravana.

Quando o caminho, se é que nos deslocávamos sobre um, se tornava estreito demais para nós dois, meu amigo ia à frente, e eu via suas costas cheias de bardanas que também colavam em mim aos cachos e blocos. Vez ou outra ele virava e contava fragmentos até então desconhecidos de sua história, também sobre coisas passadas havia muito: como, na Segunda Guerra Mundial, membros da resistência teriam se disfarçado de caçadores de cogumelos, ele, ao contrário, se disfarçara como *partisan*, encontrando o que sabia encontrar, e, numa outra vez, como herança ou legado para seu filho, desenhara um mapa com as "incidências de tesouros" em toda a região. E uma vez, olhando sobre os ombros, mirando o vazio, exclamou: "Que sorte eu tive minha vida inteira! E como tantas vezes me enganei, às vezes com amargura, depois com beleza. O belo engano!" E então pisou numa envelhecida e esburacada bufa-de-lobo na ourela do prado, despertando a fumaça marrom-escura do cogumelo, como um limiar móvel à entrada do inverno.

Perto do meio-dia o céu fechou, ficou mais frio e o vento mudou, vinha agora do norte. Passando o túmulo de arbustos de "Arthur Tetu", subindo pelas encostas da colina, a mais alta neste caminho entre Paris e o mar próximo a Dieppe, despencou uma chuva que atingia nosso rosto como granizada, o que, porém, pouco nos perturbava, "a nós" — como exclamou o amigo da aldeia enquanto se virava —, "os filhos das montanhas!". Antes disso, cruzamos ainda a aldeia chamada Chavençon na planície que oscilava ao longe e, à margem da estrada, subimos os dois na báscula abandonada havia tempos — não existiam mais feiras de gado — e nos balançamos e balançamos e solavancamos e não quisemos seguir em frente por algum tempo.

A seguir, à tarde, o sol saiu de novo, parou de ventar e do azul se fez um azular, da inércia das nuvens, um dispersar-se, do verde último, um fresco verdejar; e quando, a meia altura no espinhaço da colina, antes ainda da grande floresta, a única da região, cruzamos um prado de vacas, fui eu quem, sem querer, tentou avistar os *senderuelas*, chamados *carrerrillas*, "ninfas da montanha", os "anéis de fada", que eu sabia crescerem ali todos os anos até o fim de dezembro como círculos de bruxas: sim, o amigo me infectara por algum tempo com sua mania por cogumelos —, e de fato vi, já de longe, as ninfas se arredondando como laços: afastei rapidamente o amigo e fiz como se houvesse, por engano, tomado o caminho errado. E ele disse: "Ainda temos tempo?" E eu: "Temos tempo, finalmente!" E lá estavam no prado os dois conhecidos cavalos de campo, sobre os quais nos equilibramos como outrora durante a infância na aldeia, por um pequeno trecho apenas, mas que foi suficiente para que os cavalos se transformassem em cavalos de sela, vacilando, relinchando, farejando, o que mais? E por um instante um deles se transformou num jumento que zurrava e ressoava terreno afora, enquanto seu parceiro bufava em resposta.

Depois, pela grande floresta, na amplitude rala, carvalhos, castanheiras, faias em vez dos arbustos comuns na região: isso tudo foi pensado assim? — Sim, foi pensado assim. — E por quem? — Por mim. Pensado. Sonhado acordado. Previsto. Tal providência: ela existiu.

À beira da floresta o céu fechou novamente, e começou a nevar, pela primeira vez no ano, e de uma maneira tão silenciosa e espessa como sempre na primeira vez. "Ou pela última vez?" (Ele de novo.) Num instante, era o velho novo mundo branco, e o aniversariante, embora nós dois, até nosso destino no albergue ao pé da colina, pudéssemos nos manter num caminho largo, o aniversariante então ia agora atrás de mim, literalmente nas minhas pegadas; nosso arrastar não parecia mais um ruído de locomotiva, mas um ranger, não muito diferente do chamar e grasnar-um-ao-outro de dois corvos, dos quais, na orla da floresta, restou apenas um: o outro, o de trás, ficara à margem diante das árvores sopradas pelo vento da neve, e pude ouvi-lo dizer para si apenas: "Estar no rumor, no acontecimento. E no alto nas copas o grande tecer, tecer e tecido num só. Ah, por que não fiquei nas orlas da floresta?!" Um grande zunir também ali na beira, e os ramos sem folhagens estalando como de um festivo dossel. Aos nossos pés um pombo-correio morto, como que despencado naquele instante do céu na neve fresca abrindo uma cratera, e uma mensagem envolvendo a perninha. Mas não quisemos saber qual era.

Montanha acima e florestas adentro aconteceu, como tinha de acontecer e como, se convier a vocês, também fora planejado. E por quem? Vejam acima. Justo a neve espessa, uniformemente branca em toda parte à direita e à esquerda do caminho — o boletim meteorológico a confirmava — destacou num ponto uma forma ainda mais clara, algo que, estivesse deitado na terra, poderia ser uma mina. Mas a coisa, nessa forma, não se deitava, ficava em pé, erguia-se. E será que se lançou sobre ela, "ei", o maníaco por cogumelos, "ei, você!", tal como planejado (eventualmente um coalucinado, eu conhecia o lugar e sabia que lá, mesmo no pré-inverno, crescia ainda um cogumelo porcino)? Não, em vez disso, ele recuou primeiro alguns passos. Então exclamou "ei, você tem razão!" e se aproximou da forma arredondada a passos lentos, em círculos, espirais, elipses.

Por fim, no entanto, não aconteceu como devia ter acontecido, mas unicamente como planejado — sonhado — previsto; como correspondia à inspiração: no último momento, antes que o louco por cogumelos se curvasse ou, pior!, até mesmo se atirasse de joelhos na neve, apareceu uma pessoa que se aproximou dele. Uma pessoa? Uma figura alta. Uma mulher. A mulher. A única: chamada por mim, ou por quem mais, para seu aniversário. Lá estava ela agora diante dele, como num horizonte distante, muito distante, mesmo este horizonte, e desta vez ele não olhou para o que ela trazia nas mãos, mas para o rosto dela, e a reconheceu. Outrora ele se vira como seu salvador. Ou como aquele que a completava. E agora? Agora era exatamente o contrário. Ele foi até ela? Não. Embora fossem apenas dois, três, no máximo quatro passos de distância, ele, assim que se levantou, saiu em disparada, correu em sua direção. Até então eu só tinha visto crianças partirem em carreira daquele jeito, às vezes para o pai, outras para a mãe, ou para quem quer que fosse. — No verão a cadeia de colinas estaria orlada de arbustos de mirtilo. E agora? — *The time stood still/ on Blueberry Hill.*

E feliz e contente jantou nosso trio na Auberge du Saint Graal, na aldeia Grisy-le-Plâtre na encosta posterior da cadeia de colinas, *plâtre* querendo dizer "gesso". O endereço do albergue: Place du Soleil Levant, Praça do Sol Nascente. Como aperitivo: vocês podem adivinhar. E no meio da refeição juntou-se a nós três, mais ou menos repentinamente, ainda um quarto. Ó juventude. Ó mundo rejuvenescido.

Mas, ao fim e ao cabo, isto aqui não tem muito de um conto de fadas? Pode ser: no conto de fadas ele se curou. Na realidade, porém... — Além disso, diz, é claro, a inspiração, ou qualquer outra coisa ou pessoa: o elemento do conto de fadas, no fim das contas, é o que há de mais real, de necessário. Ar, água, terra e fogo como os quatro elementos, e o momento do conto de fadas como o quinto, o elemento adicional. Para uma história, esta aqui pelo menos, do mundo dos cogumelos, o elemento do conto de fadas é por fim apropriado, em toda a verborragia venenosa diária, todos os venenosos dias de chuva do verão e do outono, as ligações telefônicas entra ano sai ano nas Centrais Internacionais do Veneno, em todas as cozinhas venenosas que nunca descansam.

Na noite já avançada na Auberge du Saint Graal, tentamos adivinhar a hora. Erramos todos os quatro. Mas foi ele quem errou mais feio e fez a pior estimativa.

*(Marquemont/Vexin—Chaville—Marquemont,
novembro — dezembro de 2012)*

Obras de Peter Handke editadas pela
Editora Estação Liberdade:

Don Juan (narrado por ele mesmo) (2007)

A perda da imagem ou Através da Sierra de Gredos (2009)

Ensaio sobre a jukebox (2019)

Ensaio sobre o louco por cogumelos (2019)

ESTE LIVRO FOI COMPOSTO EM SIMONCINI GARAMOND CORPO 11,6 POR 18 E IMPRESSO SOBRE PAPEL AVENA 90 g/m² NAS OFICINAS DA RETTEC ARTES GRÁFICAS E EDITORA, SÃO PAULO — SP, EM DEZEMBRO DE 2019